Anekdoten über Einstein

Wozu Socken? Sie schaffen nur Löcher!

Anekdoten über **Einstein**

Gesammelt und aufgeschrieben
von Irene Tüngler

EULENSPIEGEL VERLAG

Überflieger

Bischof, ich kann fliegen, sagte der Schneider zum Bischof – es wird nie ein Mensch fliegen, sagte der Bischof den Leuten.«

Brecht einmal ausgenommen, ist es bisher noch nicht vielen Menschen aufgefallen: Aus Ulm kommen Leute, die die herkömmlichen Vorstellungen von der Welt auf den Kopf stellen. Zumindest versuchen sie es. Der Schneider war der waghalsig scheiternde Praktiker auf der Kirchturmspitze, Einstein der erfolgreiche Theoretiker am Schreibtisch.

Einsteigen bitte

Es gibt Menschen, die den Stand der Gestirne für ihr weiteres Leben verantwortlich machen. Andere glauben eher an soziale Bedingtheiten oder an die Gene. Bei Einstein hatte möglicherweise die Adresse seines Geburtshauses den entscheidenden Einfluß. Albert Einstein wurde am 14. März 1879 halb zwölf Uhr mittags in der Ulmer Bahnhofstraße B 135 geboren. Wahrscheinlich waren es die frühkindlich einwirkenden Dampfpfeifen, Schnaufgeräusche und Schienenstöße, die ihn zum Reiselustigen und Rastlosen machten. Bis zu seiner Emigration in die USA 1933 wechselte Einstein zwanzigmal die Wohnung. Es schien ihm nirgends vollkommen zuzusagen, denn außerdem wohnte er hin und wieder bei Freunden und war viel auf Reisen.

Charmant

Einsteins Geburtshaus war ein dreistöckiges und ziemlich unschönes Mietshaus an einer Straßenecke. 1944 wurde es zerbombt und zerstört. Heute gibt es ein Denkmal und eine Tafel, die an das Haus erinnern. Einstein selbst mußte sein Geburtshaus später durch Bilder und Erzählungen kennenlernen, denn er war erst ein Jahr alt, als die Familie nach München zog.

Das Gebäude wird ihn interessiert haben, denn 1929, als Fünfzigjähriger, schrieb er an den Sohn des seinerzeitigen Hausbesitzers: »Zum Geborenwerden ist das Haus recht hübsch; denn bei dieser Gelegenheit hat man noch keine so großen ästhetischen Bedürfnisse, sondern man brüllt seine Lieben zunächst einmal an, ohne sich viel um Gründe und Umstände zu kümmern.«

Ein wackrer Schwabe

Einsteins Eltern hatten das Haus erst kurz vor der Geburt ihres ersten Kindes bezogen.

Sie waren beide jüdischer Herkunft und seit Generationen Schwaben. Vater Hermann Einstein war Kaufmann und fing mit Bettfedern an. Schon ein Jahr später widmete er sich Wasser- und Gasinstallationen. Es folgten elektrische Anlagen. Damit hatte er gemeinsam mit seinem Bruder in München großen Erfolg. Die Brüder Einstein installierten die erste elektrische Straßenbeleuchtung in Schwabing.

Selbst das Oktoberfest ist mit dem Namen Einstein verbunden. Einsteins Vater und Onkel ließen es in elektrischem Licht erstrahlen.

Trotzdem ging das Geschäft später pleite und die Familie zog einer neuen Geschäftsgründung wegen nach Mailand. Auch dort hatte Hermann Einstein keinen Erfolg, ließ sich aber nicht entmutigen und gründete noch zwei weitere Firmen in Italien. Fünfundfünfzigjährig starb Hermann Einstein.

Rudolf der Reiche

Das Startkapital für seine letzten Unternehmensgründungen bekam Vater Einstein von seinem Vetter Rudolf, der eine Textilfirma in Hechingen besaß. 1901 schrieb Einstein an seine spätere erste Frau Mileva, daß seine armen Eltern »stets Ärger und Sorgen wegen des leidigen Geldes« hätten. »Mein lieber Onkel Rudolf (der Reiche) sekiert sie schrecklich.« 1919 heiratete Albert Einstein trotzdem in zweiter Ehe mit dem Segen der ganzen Familie Onkel Rudolfs Tochter Elsa.

Doppelzüngig

Albert, wer weiß wie lange »das Albertle« genannt, war kein Schnellstarter. Mit zweieinhalb Jahren konnte er noch immer nicht sprechen, aber dann ging es los. Er sprach sofort ganze Sätze und diese gleich zweimal hintereinander, das erste Mal flüsternd, sozusagen zur Probe. Erst im Schulalter soll sich diese zu Hänseleien geradezu einladende Angewohnheit gelegt haben. Albert war ein in sich gekehrtes Kind, kein Freund des Tobens und weiträumiger Spiele im Freien.

Wenn es im Kinderzimmer lange Zeit verdächtig still ist, sehen die meisten Eltern gerade darin – völlig berechtigt – ein ernstzunehmendes Warnsignal. Man schaue dann am besten eiligst nach, ob die lieben Kleinen gerade die Deckenlampe reparieren oder dem Staubsauger aus der Badewanne zu trinken geben wollen. Meist findet in tiefer Stille irgend etwas statt, was elterliche Anwesenheit dringend erfordert.

Anders beim Albertle. Er war ein Freund stiller Beschäftigungen wie der des Puzzelns und der Laubsägearbeiten.

Das Kind muß überhaupt ein Wunder an Geduld gewesen sein. Einmal war es so ruhig, daß die Mutter doch lieber die Tür öffnete und ins Kinderzimmer spähte. Gott sei Dank war sie vorsichtig, denn sonst hätte es einen schweren Einsturz gegeben. Albert hatte ein Kartenhaus gebaut, das nicht weniger als 14 Stockwerke zählte.

Die Schulkameraden riefen ihn indes »Bruder Langweil«.

Wegweisende Gabe

Eines Tages machte der Vater dem noch kleinen Albert ein Geschenk. Es war ein Kompaß. Der Knabe sah das Ding an und fand es außerordentlich merkwürdig. Wie er sich oder den Kompaß auch drehte und wendete, die Nadel zeigte immer in dieselbe Richtung. Sie machte selbständig irgend etwas, ohne daß er sie berühren konnte. Der Vater erzählte etwas von Magneten und dem Norden und von Seeleuten, das Kind stand versunken da und schaute auf die Kompaßnadel.

Später erinnerte sich Einstein besonders an dieses Kindergeschenk. Daß sich die Nadel in derart spezieller Weise verhielt, paßte so gar nicht in die Art des Geschehens hinein, die seiner kindlichen Begriffswelt vertraut war, »da mußte etwas hinter den Dingen sein, das tief verborgen war«.

Einstein besaß von Anfang an eine Hauptvoraussetzung für einen erfolgreichen Wissenschaftler: die Fähigkeit, sich zu wundern.

Der Erste

Einsteins Mutter steuerte den musischen Teil zu den Anlagen ihres Sohnes bei. Sie gab ihm ersten Geigenunterricht. Pauline Koch, mit achtzehn Jahren Hermann Einsteins Frau geworden, war eine Tochter aus vermögendem Hause, gebildet und musikalisch. Ein strenges jüdisches Haus führte sie nicht; weder ging die Familie in die Synagoge, noch hielt man sich an die Traditionen für jüdische Feiertage.

Als Paulines Sohn das zweite Schulzeugnis bekam, floß das Mutterherz über vor Stolz. Sie schrieb ihrer Schwester: »Gestern bekam Albert seine Noten, er wurde wieder der Erste.«

Dienstgrade

Obwohl Einstein ein braver und fleißiger Schüler war, bewahrte er der deutschen Schule kein besonders ehrendes Angedenken. Die Volksschullehrer waren für ihn Feldwebel, die den Schülern das Wissen stumpfsinnig eintrichterten und es mit dem Rohrstock in der Hand abfragten. Die Gymnasiallehrer hielt er für nur wenig besser. Es waren die Leutnants.

Die Lehrer selber sahen das anders. Zu Einsteins 50. Geburtstag schrieb der Direktor des Münchner Luitpold-Gymnasiums stolz: »In der Mathematik schwankten in den unteren Klassen die Noten zwischen 1 und 2, von der 5. Klasse an aber hatte er durchweg 1.«

Das älteste Gerücht

Meine Hauptschwäche war ein schlechtes Gedächtnis, besonders ein schlechtes Gedächtnis für Worte und Texte«, erinnerte sich Einstein an seine Schulzeit. Daß er deswegen ein schlechter Schüler gewesen sei, ist eines der hartnäckigsten Gerüchte um das spätere Genie. Auch in Latein und Griechisch – beide Fächer standen zuhauf im Stundenplan – hatte er gute Noten.

Unwiederbringlicher Verlust

Ludwig Büchner, der Bruder des Dichters Georg Büchner, hat ein Buch geschrieben, dessen Lektüre bei dem jungen Albert Einstein schwere Folgen hinterließ.

In dem Buch »Kraft und Stoff« versuchte der Autor eine atheistisch-materialistische Naturauffassung darzustellen. In ihr hatte kein Gedanke Platz, der nicht an der Wirklichkeit nachprüfbar war. Die Lektüre dieses und anderer populärwissenschaftlicher Bücher brachte dem Schüler Einstein die feste Überzeugung ein, »daß vieles in den Erzählungen der Bibel nicht wahr sein« konnte. Das führte den radikal denkenden Jugendlichen in eine »geradezu fanatische Freigeisterei, verbunden mit dem Eindruck, daß die Jugend vom Staate mit Vorbedacht belogen wird«.

»Niederschmetternd«, war sein Urteil, »ein Mißtrauen gegen jede Art Autorität« sei ihm daraus erwachsen.

Diese Einstellung hat er sich ein Leben lang bewahrt.

Ein ganz Gescheiter

Auch für Einsteins spätere Universitätsprofessoren waren die Folgen seiner Jugendlektüre ein harter Brocken: »Sie sind ein gescheiter Junge, Einstein, ein ganz gescheiter Junge. Aber Sie haben einen Fehler: Sie lassen sich nichts sagen«, bekam er während des Studiums zu hören.

Mühelose Ebenen

Diese Klarheit und Sicherheit machte einen unbeschreiblichen Eindruck auf mich«, beschrieb Einstein eine Jugenderinnerung.

Es war nicht etwa ein Gemälde, ein Musikstück,

ein philosophischer Gedankengang oder gar das Wesen eines Mädchens gemeint, sondern ein Lehrbuch der ebenen Geometrie.

Ein schmerzloser Abgang

Albert Einsteins schulisches Leben wurde durch den Hausarzt beendet. Er schrieb ihm ein Attest, und der Fünfzehnjährige stand alsbald, aus München kommend, vor der Wohnungstür seiner entsetzten Eltern in Mailand.

Über die Gründe waren verschiedene Leute im Prinzip einer Meinung. Alberts Schwester Maja: »Besonders unangenehm war dem Jungen ... der militärische Ton in der Schule.«

Der Klassenlehrer, den Einsteins Abgang alles andere als schmerzte: »Ihre bloße Anwesenheit verdirbt mir den Respekt in der Klasse.«

Einstein selbst: »Ich ließ also lieber jede Sorte von Bestrafung über mich ergehen, als daß ich etwas auswendig herplappern lernte.«

Urgeschichte, Bank und Börse

Nachdem er das Abitur in der Schweiz nachgeholt hatte, immatrikulierte sich Einstein am Polytechnikum Zürich – heute ist es die zu den Elite-Universitäten zählende ETH Zürich – in der Abteilung VI, der »Schule für Fachlehrer mathematischer und naturwissenschaftlicher Richtung«. Außer den Mathematik- und Physikvorlesungen gab es dort »nicht-obligatorische Fächer«. Bei deren Auswahl zeigte Einstein kaum bekannt gewordene Neigungen. Er belegte »Urgeschichte des Menschen«, »Geologie der Gebirge« und Vorlesungen über Bank- und Börsengeschäfte sowie Grundlagen der Nationalökonomie.

In den Tiefen des Minkowski-Raumes

In Mathematik hatte Einstein hervorragende Lehrer. Nur wußte er das damals kaum zu schätzen. Mathematik war für ihn Mittel zum physikalischen Zweck. Hermann Minkowski, jedem heutigen Mathematik- und Physikstudenten ein Begriff, erklärte: »Er ist ein fauler Hund, sicherlich sehr intelligent, aber von Mathematikkenntnissen überhaupt nicht belastet.«

Minkowski brachte 1908 die Spezielle Relativitätstheorie in ihre heute gebräuchliche elegante mathematische Form, indem er Raum und Zeit in ein vierdimensionales Raum-Zeit-Kontinuum zusammenfaßte. Tragischerweise starb der Mathematiker schon mit 43 Jahren an einer Blinddarmentzündung.

Der Rest sind unfruchtbare Subtilitäten

Einsteins studentische Meinung zur Mathematik war, daß es genüge, »die elementaren mathematischen Begriffe klar erfaßt und für die Anwendung bereit« zu haben. Den Rest hielt er in seinem jugendlichen Leichtsinn für »unfruchtbare Subtilitäten«, die ein Physiker nicht brauche.

Das ist ein Überfall

Einsteins musikalische Mutter hat es beim Geigenunterricht für ihren Sohn schwer gehabt. Von Etüden und Tonleitern hielt er offenbar so wenig wie vom Auswendiglernen in der Schule. Später sollte sich das rächen, aber erst einmal verkündete er in jugendlichem Selbstbewußtsein: »Ich lernte erst etwas von 13 an, nachdem ich mich hauptsächlich in die Mozartsonaten verliebt hatte.«

Mozart führte ihn auch auf seltsame Abwege.

Eines sonnigen Sommertages wollte er mit seiner Zürcher Freundin Susanne Markwalder gemeinsam musizieren und schloß rücksichtsvoll und wegen der Hitze die Balkontüre. Am Balkon hörte er aus einem Nachbarhaus eine Klaviersonate von Mozart herüberklingen. Der Form halber fragte er noch, wer da spiele, hörte als Antwort etwas von Klavierlehrerin aus der Dachwohnung nebenan und stürmte mit seiner Geige »Lina«, aber »ohne Kragen und Krawatte«, wie Fräulein Markwalder berichtete, davon.

Alsbald hörte man eine Sonate für Violine und Klavier von Mozart.

Einstein war von der Pianistin begeistert und nannte sie »ein reizendes Jüngferchen«.

Susanne Markwalder berichtet weiter: »Es war das schon betagte Fräulein Wegelin, die einige Stunden später bei uns in einem schwarzen Seidenkleid vorsprach und sich schüchtern erkundigte, wer der seltsame junge Mann gewesen sei. Wir beruhigten sie, daß es sich um einen harmlosen Studenten handele.

Sie erzählte uns, wie erschrocken sie gewesen sei, als der unbekannte Musiker mit dem Ruf: ›Spielen Sie ruhig weiter‹ einfach in ihr Zimmer gestürmt sei.«

Gelacht wird nicht

Als Klavierlehrerin hatte Fräulein Wegelin wahrscheinlich eine professionelle Engelsgeduld mit dem geigenden Einstein. Andere Reaktionen fielen etwas harscher aus. Zum Beispiel die des Dramatikers Franz Molnár. In einem Kammerkonzert, bei dem Einstein mitspielte, saß Molnár in der ersten Reihe. Jedes Mal, wenn Einstein sich verspielte, brach der Dramatiker in ein provozierendes Gelächter aus. Einstein unterbrach seinen Vortrag: »Warum lachen Sie eigentlich, Molnár?« fragte er ins Auditorium. »Haben Sie mich schon einmal lachen sehen, wenn ich eines ihrer Lustspiele gelesen habe?«

Eins, zwei, drei

Mit dem Ruhm, Einsteins Mathematiklehrer gewesen sein zu wollen, schmückten sich verschiedene professionelle und Laienmusiker, die ihn beim falschen Zählen erwischten.

Einstein war längst eine weltweite Berühmtheit, als er in den 20er Jahren mit Hanns Eisler bekannt gemacht werden sollte. Beide waren zu einem Essen eingeladen. Eisler, der später kam, sah Einsteins Geigenkasten im Flur des Gastgebers liegen und ahnte, wer den großen Wissenschaftler wohl am Klavier begleiten solle.

Nach dem Essen schritt man zur musikalischen Tat. Es ist überliefert, daß das Stück, welches gespielt werden sollte, etliche rhythmische Tücken aufwies. Irgendwann war der stupend musikalische Eisler dann doch so enerviert, daß er Einstein die reichlich kolportierte Frage stellte. »Herr Professor, Sie werden doch bis drei zählen können!?«

Weltgewicht

Ein anderer großer Musiker fand ein schönes Wort als Nachruf für den weltberühmten Physiker. Der wunderbare Cellist Pablo Casals schrieb: »Nach Einsteins Tod ist es, als ob die Welt an Gewicht eingebüßt und einen Teil ihrer Substanz verloren hätte.«

Ein Künstler

In einem Dorf an der Donau-Theiß-Mündung in Südungarn nahe der Grenze zu Serbien kommt am 19. Dezember 1875 Mileva Marič in gutsituierten Verhältnissen zur Welt.

Sie ist zu Hause ein vielgeliebtes Sorgenkind, extrem still und zurückhaltend. Von Geburt an hinkt sie wegen einer Hüftgelenksverzerrung. Eine Schönheit verspricht das Mädchen Mileva auch nicht zu werden; nicht einmal ihre Kleidung folgt den gängigen Modejournalen. Bequem sollen die Sachen sein, sonst nichts. Schlechte Heiratschancen für die höhere Tochter; daß sie hochmusikalisch und blendend intelligent ist, macht nichts besser.

Mileva besucht ein serbisches Gymnasium – in Österreich-Ungarn ist das für Mädchen nicht möglich – und wird wegen ihrer Begabung ausnahmsweise zum Physikunterricht zugelassen. Mechanik, Optik, Gravitation, Dynamik – sie ist begeistert. Aber das zarte Mädchen verträgt das Klima ihres Schulortes Agram, heute Zagreb, nicht. Sie bekommt eine chronische Lungenentzündung. Ihr Ausbruch aus der klassischen Jungmädchenrolle scheint beendet.

Mit neunzehn Jahren trifft Mileva eine mutige Entscheidung. Ganz allein und mit wenig Geld ausgestattet geht sie 1894 in die Schweiz. Erstens erhofft sie sich viel von der besseren Luft, und zweitens lassen die eidgenössischen Hochschulen als erste in Europa Frauen zum Studium zu. Nach zwei Abiturjahren ist die Einundzwanzigjährige 1896 am Ziel, sie immatrikuliert sich an der Eidgenössischen Polytechnischen Schule für die Fächer Mathematik und Physik. Sie ist die vierte Frau, die dies überhaupt tut, und die einzige in ihrem Jahrgang.

Schon in der Einführungsvorlesung lernt sie einen ziemlich aus der Art geschlagenen Siebzehnjährigen kennen. Als sie ihn ihrer Freundin Milena vorstellt, ist die hin und weg: »Die Marič hat mich mit ihrem guten Freund bekannt gemacht, es ist ein Deutscher, heißt Einstein, spielt herrlich Geige, man kann sagen, er ist ein Künstler.«

Erziehung

Die stille und systematische Arbeiterin Mileva wird immer interessanter für den umtriebig genialischen Albert. Er probiert den für Studentenliebschaften ältesten Trick der Welt und bittet sie, ihm beim Studium der Fachliteratur von Helmholtz, Max-well, Boltzmann und Hertz behilflich zu sein. Sie sagt zu.

Vor allem in Mathematik, wo Einstein Schwächen hat und dies auch zugibt, ist Mileva die überlegene. Sie erzieht den undisziplinierten Teenager zu methodischem Forschen, und er ist verblüfft, daß ausgerechnet eine Frau, das launische Wesen, dazu in der Lage ist. »Wie glücklich bin ich, daß ich in Dir eine ebenbürtige Kreatur gefunden habe, die gleich kräftig und selbständig ist wie ich! Außer Dir bin ich mit allen allein!«

Wenn die Physikaufgaben erledigt sind, musiziert man gemeinsam, denn Mileva spielt gut Klavier.

Angriff und Verteidigung

Die Studenten aus Milevas und Milenas Pension Engelbrecht, mit ihren Mietern aus Bulgarien und Serbien eine slawischen Enklave in Zürich, lieben den aufgeschlossenen und lebenslustigen »Künstler«-Kauz Einstein.

Die deutsche Seite reagiert anders. Das hinkende Mädchen mit dem dunklen Teint gefällt nicht.

Die Äußerung eines Kommilitonen, »ich fände nie den Mut, eine Frau zu heiraten, die nicht ganz gesund ist«, ist bei aller Taktlosigkeit noch harmlos gegen die Anfeindungen seitens der Einstein-Familie. Er hört Sprüche wie: »Sie ist ein Buch wie du, du solltest aber eine Frau haben!« oder »Bis du dreißig bist, ist sie eine alte Hex!« An Mileva schreibt Einstein über die familiäre Lage: »Mama warf sich auf ihr Bett, verbarg den Kopf in den Kissen und weinte wie ein Kind. Als sie sich vom ersten Schrecke erholt hatte, ging sie sofort zu einer verzweifelten Offensive über: ›Du vermöbelst dir deine Zukunft und versperrst dir deinen Lebensweg!‹ – ›Die kann ja in keine anständige Familie!‹ – ›Wenn sie ein Kind bekommt, dann hast du die Bescherung!‹«

Verschlimmernd kam hinzu, daß Mileva größer war als Albert und vor allem: Sie war keine Jüdin.

Einstein aber läßt sich nicht beirren. Sein Brief an die Freundin geht folgendermaßen weiter: »Doch Dein Besitz macht mich stolz, und deine Liebe macht mich glücklich. Doppelt selig werde ich sein, wenn ich Dich wieder ans Herz drücken kann und Deine liebenden Augen sehe, die nur mir leuchten, und Deinen lieben Mund küsse, der nur mir in Wonne zittert.«

Poetisch verruckt

Weniger gehoben klang der nächste Liebesbrief:

»O mei! Der Johonzel,
Der ist ganz verruckt.
Gmoant hat er seins Doxerl
Und's Kissen hat er druckt

Mein Doxerl sein Schnaberl
Des mecht i gern hern
Und nachher ihm's lusti
Mit meinem verspern...«

Ein klassischer Schnaderhüpfel. Einstein, das »Johonzel«, hat Mileva »Doxerl« genannt, abgeleitet vom süddeutschen »Docke« für »Puppe«.

Wider die Philister

Wie das Leben so spielt, sollte Einsteins Mutter wenigstens teilweise Recht behalten. Mileva wurde schwanger, lange bevor die beiden Studenten ans Heiraten dachten. Sie bringt ihr Kind zu Hause zur Welt und läßt es dort. Vermutlich wurde es – von beiden schweren Herzens – zur Adoption freigegeben. Das spätere Ehepaar Einstein sprach nie über dieses Kind.

Nach allerneuesten Erkenntnissen litt es am Down-Syndrom und starb mit 21 Monaten.

Die streng katholische Mileva war durch die heimliche Schwangerschaft psychisch derart belastet, daß sie ihre Diplomprüfung nicht bestand. Während der Entbindung hatte Mileva zwar andere Sorgen, aber es war immerhin nett gemeint, als Albert ihr schrieb: »Bis du mein Weiberl bist, wollen wir recht eifrig zusammen wissenschaftlich arbeiten, daß wir keine alten Philistersleut' werden, gellts. Das darfst du mir ja nie werden, Du mußt immer meine Hex' bleiben, mein Gassenbub!«

Der Kongreß tobt

Wichtiger als Hex und Gassenbub wurde der folgende Satz aus Einsteins Briefen an Mileva: »Wie glücklich und stolz werde ich sein, wenn wir beide zusammen unsere Arbeit über die Relativbewegung siegreich zu Ende geführt haben.« Er hatte fast 90 Jahre später ein wissenschaftsgeschichtliches Nachspiel.

Physikerkongreß New Orleans 1990. Es gibt Tumulte wie auf einem Fußballplatz, man wütet und schreit, fast kommt es zu Tätlichkeiten.

Drei Wissenschaftler lösten den Eklat aus, eine deutsche Linguistin, ein Physiker aus Maryland und, direkt aus New York zugeschaltet, der Physiker und Einstein-Biograph Dr. Abraham Pais.

Thema: Mileva Maričs Rolle bei den Forschungen Albert Einsteins. Die drei Vortragenden sind sich einig, daß Mileva Marič mindestens in mathematischer Hinsicht, aber möglicherweise sogar inhaltlich an der berühmten »Speziellen Relativitätstheorie« mitgearbeitet hat.

Experte gibt auf

Als Albert Einstein ab dem 23. Juni 1902 seine legendäre Anstellung als »technischer Experte III. Klasse des eidg. Amtes für geistiges Eigentum« in Bern hatte, konnte er endlich daran denken, Mileva zu heiraten. 3500 Schweizer Franken jährlich waren fürs erste kein schlechtes Gehalt.

Am 6. Januar 1903 wurden beide standesamtlich

getraut. Die Ehe ließ sich gut an, ein knappes Jahr später, am 14. Mai 1904, kam Alberts und Milevas erster Sohn Hans Albert zur Welt. »Wir kriegen in ein paar Wochen ein Junges«, bekam sein Freund Conrad Habicht zu hören. Das »Junge« wird siebzig Jahre später über seinen Vater sagen: »Das einzige Projekt, das er jemals aufgegeben hat, bin ich. Er versuchte mir Ratschläge zu geben, entdeckte aber bald, daß ich stur war und er nur seine Zeit vergeudete.«

Im Groll

Bei allem Mut, Mileva gegen den Widerstand der Freunde und der Familie geheiratet zu haben, erwies sich Einstein am Ende der Ehe befremdlich herzlos gegen sie. Schuld an der zunehmenden Kälte zwischen beiden waren fast alle direkt und indirekt Beteiligten. »Als Schwiegermutter ist sie ein wahrer Teufel«, bemerkt Einstein über seine Mutter, Mileva sei wiederum »der sauertöpfischste Sauertopf, den es je gab« und »eine unfreundliche humorlose Kreatur«.

Unrecht hatte er nicht. Mileva hatte kein Talent zur Freude am Leben. Sie wurde immer verschlossener und ängstlicher, nervte ihren Mann mit Eifersuchtsanfällen, lag tagelang im Bett und vernachlässigte ihr Äußeres.

Nach der Trennung 1914 »im Groll« und der Scheidung 1919 versorgte er sie zwar großzügig mit Geld, sogar sein gesamtes Nobel-Preisgeld bekam sie, aber irgendwann war es vor allem für die exzellente Ausbildung der beiden Söhne und für ihren wahrlich bescheidenen Lebensunterhalt aufgebraucht. Nach 1933 wurde Einsteins gesamtes Vermögen in Deutschland von den Nazis konfisziert, und aus Amerika bekam sie auch nichts mehr. Mileva Einstein-Marič starb nach großem Leid, vor allem um ihren Sohn Eduard, der seit der Pubertät zunehmend an einer Schizophrenie litt, 1948 vereinsamt und in Armut.

Die doppelte Cousine gegen die Jämmerlichkeit der Existenz

Der inzwischen zum Professor avancierte und berühmt gewordene Einstein brauche endlich eine repräsentativere Frau, meinte seine Familie. Sie fand sich 1912 in Berlin in der Person von Einsteins Cousine Elsa, geschiedene Löwenthal. Die Mütter der heimlich, aber mit dem Wohlwollen der gesamten Sippschaft frisch Verliebten waren Schwestern, die Väter Cousins.

Gegenüber Elsa schüttete Einstein brieflich sein Herz aus. Wenn er das schlechte Verhältnis betrachte, das seine Mutter und seine Schwester Maja gegenüber Mileva hätten, »so muß ich leider sagen, daß mir alle drei recht wenig sympathisch sind, leider! Jemand lieb haben muß ich aber, sonst ist es jämmerlich zu existieren.«

Frohe Botschaft

Elsa ist ein gemütliches, putzmunteres und hübsches Wesen, das die Geselligkeit und den großen Trubel um ihren weltberühmten Mann wenigstens am Anfang liebt und genießt. In Gesellschaft kann sie sich dank ihrer großbürgerlichen Münchner Erziehung mühelos und sicher bewegen.

Und sie hat in Einsteins Augen noch einen entscheidenden Vorteil: »Ich bin froh, daß meine Frau nichts von Wissenschaften versteht. Meine erste tat es nämlich.«

Überlebenskünstler

Das Kapitel Einstein und die Frauen – seine zweite Ehefrau Elsa starb 1936 – schloß der Meister 1948 mit der launigen Bemerkung ab: »Mir geht es soweit gut, indem ich die Nazizeit sowie zwei Frauen siegreich überlebt habe.«

Im wunderschönen Monat Mai

An einem Nachmittag im wunderschönen Monat Mai des Jahres 1905 hatte Einstein mit seinem Freund und Kollegen Michele Besso im Berner Patentamt zusammengehockt. Die Stimmung war keinesfalls maienmäßig. »Ich gebe auf«, ließ sich Einstein vernehmen.

Besso fragte warum, Einstein antwortete, Besso brachte einen Einwand, Einstein erwiderte ... Das Gespräch ging flau hin und her. Thema: die »Elektrodynamik bewegter Körper«, später »Spezielle Relativitätstheorie« genannt. Irgendwann verabschiedeten sie sich voneinander.

In Einsteins Kopf begann eine Idee zu kreisen.

Am nächsten Morgen erlebte Besso einen etwas müden, aber glänzend gelaunten Einstein. »Danke dir, ich habe mein Problem vollständig gelöst«, verkündete er strahlend.

Brief Einsteins an seinen Freund Conrad Habicht vom Mai 1905

Lieber Habicht! Es herrscht ein weihevolles Stillschweigen zwischen uns, so daß es uns fast wie eine sündige Entweihung vorkommt, wenn ich es jetzt durch ein wenig bedeutsames Gepappel unterbreche. Aber geht es dem Erhabenen in dieser Welt nicht stets so? – Was machen Sie denn, Sie eingefrorener Walfisch, Sie geräuchertes, getrocknetes, eingebüchstes Stück Seele, oder was ich sonst noch, gefüllt mit 70 % Zorn und 30 % Mitleid, Ihnen an den Kopf werfen möchte! Nur letzteren 30 % haben Sie es zu verdanken, dass ich Ihnen neulich, nachdem Sie Ostern so sang- und klanglos nicht erschienen waren, nicht eine Blechbüchse voll aufgeschnittenen Zwiebeln und Knobläuchern zuschickte. Aber warum haben Sie mir Ihre Dissertation immer noch nicht geschickt? Wissen Sie denn nicht, daß ich einer von den 1 ½ Kerlen sein würde, der dieselbe mit Interesse und Vergnügen durchliest, Sie Miserabler? Ich verspreche Ihnen vier Arbeiten dafür, von denen ich die erste in Bälde schicken könnte, da ich die Freiexemplare baldigst erhalten werde. Sie handelt über die Strahlung und die energetischen Eigenschaften des Lichtes und ist sehr revolutionär, wie Sie sehen werden, wenn Sie mir Ihre Arbeit vorher schicken. Die zweite Arbeit ist eine Bestimmung der wahren Atomgröße aus der Diffusion und inneren Reibung der verdünnten flüssigen Lösungen neutraler Stoffe. Die dritte beweist, daß unter Voraussetzung der molekularen Theorie der Wärme in Flüssigkeiten suspendirte Teilchen von der Größenordnung $1/1000$ mm bereits eine wahrnehmbare, ungeordnete Bewegung ausführen müssen, welche durch die Wärmebewegung erzeugt ist; es sind Bewegungen lebloser kleiner, suspendirter Körper in der That beobachtet worden von den Physiologen, welche Bewegungen von ihnen ›Brownsche Molekularbewegungen‹ genannt werden. Die vierte Arbeit liegt im Konzept vor und ist eine Elektrodynamik bewegter Körper unter Benützung einer Modifikation der Lehre von Raum und Zeit; der rein kinematische Teil dieser Arbeit wird Sie sicher interessieren.«

1905, das »annus mirabilis«

Dieser Brief hat es in sich. Drei der vier Arbeiten reichte Einstein zwischen März und Juni für eine Veröffentlichung in den »Annalen der Physik« ein, die im Leipziger Verlag Johann Ambrosius Barth erschienen. Die vierte wurde seine Doktorarbeit. Für die im

Brief zuerst genannte Abhandlung über das Licht bekam Einstein später den Nobelpreis, für die letzte, die »Spezielle Relativitätstheorie«, wurde er berühmt. Sie erschien 1905 im 17. Band der »Annalen der Physik«. Die übrigen Bände dieser wissenschaftlichen Reihe dämmern beschaulich in den Magazinen der großen Bibliotheken vor sich hin, Band 17 dagegen liegt aus gutem Grund überall im Tresor.

Innerhalb eines halben Jahres hatte ein in der Fachwelt bis dato fast unbekannter junger Mann ganze Welten der theoretischen Physik erschüttert. Wer kannte schon jemanden, der an keiner Universität, an keinem industriellen Forschungsinstitut, an keiner Akademie, also völlig außerhalb des gesamten Wissenschaftsbetriebes still vor sich hin forschte. Im Berner Patentamt saß das Genie! Nur seine Freunde und seine Frau hatten eine Ahnung, mit wie vielen Problemen Einstein sich gleichzeitig beschäftigte.

Die Wissenschaftshistoriker sprechen von Einsteins »Wunderjahr«.

Forschung am Boden

Das Wunderjahr findet am Abend des 20. Juli seinen singulären Höhepunkt. Albert und Mileva feiern und trinken. Den letzten klaren Gedanken an diesem Abend bringt Einstein auf einer Postkarte, Adressat Conrad Habicht, unter: »Total besoffen leider beide unterm Tisch. Ihr armer Steisbein & Frau«

Den Rest seines Lebens soll Einstein am Alkohol nur genippt haben.

Ruhe Bewegung Newton Maxwell

Von einer »Modifikation der Lehre von Raum und Zeit« hatte Einstein in seinem Brief an Conrad Habicht geschrieben. Später grübelte er nach, wie er dazu gekommen war, sich mit diesem Thema auseinanderzusetzen. Er fand eine echt einsteinische Erklärung: »Der normale Erwachsene denkt über Raum-Zeit-Probleme kaum nach. Das hat er nach seiner Meinung bereits als Kind getan. Ich hingegen habe mich geistig derart langsam entwickelt, daß ich erst als Erwachsener anfing, mich über Raum und Zeit zu wundern.«

Dieses Wundern geschah dann in einer Art, der ein physikalisch ungebildeter Normalmensch nur sehr mühsam folgen kann. Einstein wunderte sich über die Widersprüche der Natur. Einmal gab es die Theorie von Newton, der sagte: »Die absolute, wahre und mathematische Zeit verfließt an sich und ihrer Natur nach gleichförmig und ohne Beziehung auf irgendeinen äußeren Gegenstand.« Zum anderen fand Einstein, angeregt durch die Gleichungen des Briten James Clerk Maxwell, daß ein Beobachter einen Einfluß auf die Zeit ausübt. Es kommt darauf an, ob er in Ruhe oder in Bewegung ist. Bewegen sich Beobachter und Ereignis aufeinander zu, verkürzt sich die Zeit relativ zum Betrachter, umgekehrt verlängert sie sich. Dies liegt nicht an irgendeiner besonderen Uhr, sondern ist eine Eigenschaft der Zeit selbst.

Wirkung folgt auf Ursache, manchmal aber sehr schnell

Die Spezielle Relativitätstheorie beschäftigt sich mit den Veränderungen des Verhältnisses von Raum und Zeit in gegeneinander bewegten Systemen. Die herkömmlichen Zeit-Begriffe Vergangenheit, Gegenwart und Zukunft gerieten ins Wanken. Nur eines änderte sich nicht: das Verhältnis von Ursache und Wirkung. Stets geht die Ursache der Wirkung voraus.

Damit sich für einen gedachten Beobachter Zukunft und Gegenwart vertauschen, müßte sich dieser mit Überlichtgeschwindigkeit bewegen. Das ist laut Einsteins Arbeit jedoch nicht möglich. Die Lichtgeschwindigkeit definierte er als Naturkonstante und als größte aller möglichen Geschwindigkeiten.

Gar nichts ist relativ

Den Physikern ging der bald allerorten dahingeplapperte Satz »Alles ist relativ« absolut auf die Nerven. Max Planck insistierte, er sei »ebenso irreführend wie gedankenlos. So liegt auch der sog. Relativitätstheorie etwas Absolutes zugrunde, nämlich die Maßbestimmung des Raum-Zeitkontinuums«. Einstein setzte nach und meinte, daß es zu den »verderblichsten Taten der Philosophen« gehörte, die Begriffe Raum und Zeit für ihre Denksysteme zu verwenden. Die Physiker müßten diese Begriffe nun »reparieren und wieder in einen brauchbaren Zustand setzen«.

Die weltberühmte Formel

Außer den vier Arbeiten, die Einstein in seinem Brief an Conrad Habicht nennt, hat das physikalische Wunderjahr 1905 der Welt und den »Annalen der Physik« noch eine Abhandlung von ihm beschert. Ihn beschäftigte die Frage: »Ist die Trägheit eines Körpers von seinem Energiegehalt abhängig?« Das Denk- und Rechenergebnis war die Feststellung: »Gibt ein Körper die Energie L in Form von Strahlung ab, so verkleinert sich seine Masse um L/V^2«. In welcher Form die Energieabgabe vonstatten ging, ob als Strahlung oder nicht, war nach Einsteins Feststellung letztlich sogar unwesentlich. Entscheidend war: »Die Masse eines Körpers ist ein Maß für dessen Energiegehalt.« Später wurden die Symbole L und V für Energie und Lichtgeschwindigkeit durch E und c ersetzt. Nach E umgestellt, hat die Gleichung ihre weltbekannte Form $E=mc^2$ erhalten.

Einsteins Manuskript hatte ganze drei Seiten, und Conrad Habicht kriegte darüber zu lesen: »Die Überlegung ist lustig und bestechend; aber ob der Herrgott nicht darüber lacht und mich an der Nase herumgeführt hat, das kann ich nicht wissen.«

Kontaktanzeige

Auch ein Wunderjahr fällt nicht ganz und gar vom Himmel. Die Zeit in Bern war einfach eine gute für Einstein. Er hatte Mileva geheiratet, er hatte eine feste Anstellung bekommen, die ihm gar nicht so sehr mißfiel – er hielt sie sogar für einen »wahren

Segen« für seine intellektuelle Entwicklung, weil er in diesem Amte gelernt habe, physikalisch zu denken – und er hatte zwei Freunde nach seinem Sinn gewonnen. Der eine war der Mathematiker Conrad Habicht. Die Bekanntschaft mit dem anderen kam auf folgende Art zustande: Auf der Suche nach einem Nebenverdienst hatte Einstein annonciert »Privatstunden in Mathematik und Physik für Studierende und Schüler erteilt gründlichst Albert Einstein, Inhaber des eidgen. polyt. Fachlehrerdiploms, Gerechtigkeitsgasse 32, 1. Stock. Probestunden gratis.« Gemeldet hatte sich ein rumänischer Philosophiestudent, der überlegte, ob er nicht doch lieber Naturwissenschaftler werden sollte. Nachdem man zwei Abende auf hohem Niveau über Philosophie und Physik verplaudert hatte, besaß Einstein in Maurice Solovine einen Freund mehr, aber keinen zahlenden Schüler.

Olympischer Akademiepräsident

Solovine schlug eines Tages im Jahr 1902 vor, gemeinsam die Werke großer Autoren zu lesen und darüber zu diskutieren. Gesagt getan.

Allerdings kam man beim Studium des Guten und Wertvollen alles andere als rasch voran. Halbe Nächte, in denen die Stimmung immer ausgelassener und die Luft vom Tabaksqualm immer dicker wurde, konnten die Freunde über eine einzige Seite reden. Wissenschaftliche Werke standen auf dem Plan, aber auch Schöngeistiges wie Cervantes' »Don Quixote«.

Die drei Freunde nannten sich und ihren Diskutierclub »Akademie Olympia«. Es präsidierte Albert Einstein, in dessen Wohnung die meisten Sitzungen stattfanden. Man begann mit einem Nachtmahl, aller dreier Finanzlage entsprechend nicht gerade opulent, und manchmal ließ sich das Ehepaar Einstein vor der hehren Debatte noch als Duo hören.

Harte Eier gegen dicken Rauch

Das Erscheinen zu den Olympischen Treffen war unbedingte Pflicht. Welche harte Strafe auf Pflichtvergessenheit stand, bekam Maurice Solovine zu spüren.

Er war als Gastgeber an der Reihe, blieb aber nicht zu Hause, sondern ging in ein Konzert. Für die Freunde hatte er immerhin ein Essen und eine Nachricht hinterlassen. »Amicis carissimis ova dura et salutem«, »Den vielgeliebten Freunden harte Eier und einen Gruß«.

Das genügte den Akademikern nicht. Einstein und Conrad Habicht stellten Solovines Wohnung vollkommen auf den Kopf. Sämtliche Möbel wurden umgeräumt und deren Innenleben säuberlich verteilt. Teller, Tassen, Messer, Gabeln, Bücher, Kleidung schmückten die Behausung in originellen Arrangements. Über allem lagerte das Aroma von Einsteins Pfeife und Habichts Zigarre in dicken Schwaden. Gerade noch zu sehen war der »würdige Denkzettel«, den die Wüteriche gleich einem Menetekel an der

Wand hinterließen. »Amico carissimo fumum spissum et salutem«, »Dem vielgeliebten Freund dicken Rauch und einen Gruß«.

Das war immer noch nicht alles. »Miserabler Kerl, wie, du hattest die Frechheit, einer Sitzung der Akademie fernzubleiben, um Geige spielen zu hören? Barbare, Einfaltspinsel, Dummkopf, wenn du uns nochmals auf diese billige Weise im Stich läßt, wirst du mit Schande aus der Akademie ausgestoßen!« – so wurde Solovine zur nächsten Sitzung begrüßt.

Salatpflanzen, schon etwas krächelig

Die Akademie Olympia existierte zwar nur wenige Jahre, blieb ihren Mitgliedern aber Jahrzehnte in guter Erinnerung. Einstein meinte, sie habe ihm wissenschaftlich durchaus genützt.

Ein halbes Jahrhundert später, 1953, schrieb er: »An die unsterbliche Akademie Olympia. In deinem kurzen aktiven Dasein hast du in kindlicher Freude dich ergötzt an allem, was klar und gescheit war. Deine Mitglieder haben dich geschaffen, um sich über deine großen alten und aufgeblasenen Schwestern lustig zu machen. Wie sehr sie damit das Richtige getroffen haben, hab ich durch langjährige sorgfältige Beobachtungen voll zu würdigen gelernt. Wir alle drei Mitglieder haben uns zum mindesten als dauerhaft erwiesen. Wenn sie auch schon etwas krächelig sind, so strahlt doch noch etwas von deinem heiteren und belebenden Licht auf unsern einsamen Lebenspfad; denn du bist nicht mit ihnen alt geworden und ausgewachsen wie eine ins Kraut gewachsene Salatpflanze. Dir gilt unsere Treue und Anhänglichkeit bis zum letzten hochgelehrten Schnaufer!«

Mit Solovine korrespondierte Einstein bis zu seinem Tode 1955; Conrad Habicht wird mit den Lebensdaten 1876–1958 als Dr. phil., Kantonsschullehrer der Mathematik und Physik, im Stadtarchiv von Schaffhausen geführt.

In die Aare mit ihm

Wer innerhalb eines einzigen Jahres mit fünf überwältigenden Arbeiten die ganze moderne Physik auf den Kopf stellt, kann auch in einem Patentamt nicht ganz unbemerkt bleiben. Einstein wurde als einer der »geschätztesten Experten des Amtes« zum »technischen Experten II. Klasse« befördert und bekam 600 Schweizer Franken pro Jahr mehr.

Die hehren Kollegen Wissenschaftler allerdings pflegten allerhöchstens, wahrscheinlich innerlich kopfschüttelnd, einen Briefwechsel mit dem unakademischen Sonderling. Einzig Max von Laue machte sich 1907 auf nach Bern und ins Patentamt. »Im allgemeinen Empfangsraum sagte mir ein Beamter, ich solle wieder auf den Korridor gehen, Einstein würde mir dort entgegenkommen. Ich tat das auch, aber der junge Mann, der mir entgegenkam, machte einen so unerwarteten Eindruck, daß ich nicht glaubte, er könne der Vater der Relativitätstheorie sein.« Laue ließ den Menschen an sich vorübergehen, und erst als er aus dem Empfangszimmer zurückkam, machten sie sich bekannt. »Ich erinnere mich, daß der Stumpen, den er mir anbot, so wenig schmeckte, daß ich ihn ›versehentlich‹ von der Aarebrücke in die Aare hinunterfallen ließ.«

Von der Relativitätstheorie hat Laue, das gab er zu, bei diesem Besuch einiges begriffen.

Wohlbefinden im Amte

Obwohl Einstein nun doch sehnsüchtig an eine Universitätslaufbahn dachte, kam er nicht umhin, sein Leben im Patentamt höchlichst zu loben. Er notierte: »Mir geht es gut; ich bin ein ehrwürdiger eidgenössischer Tintenscheißer mit ordentlichem Gehalt. Daneben reite ich auf meinem alten mathematisch-physikalischen Steckenpferd und fege auf der Geige.« Daß er eine 48-Stunden-Woche hatte, war normal.

Als die internationale Wissenschaftlergemeinde den Verbleib des Genies im Patentamt doch langsam skandalös nannte, bewegten sich die Eidgenossen. Nach sieben Jahren verließ Einstein das Patentamt, und sein Vorgesetzter fand, daß sein »Weggang einen Verlust für das Amt« bedeute. Endlich hatte Einstein eine Professorenstelle in Zürich bekommen und meldete: »Nun bin ich auch ein offizieller von der Gilde der Huren etc.«

Das goldene Prag

Auf der ersten Stelle in Zürich blieb Einstein nicht lange sitzen. An der Deutschen Universität der k.u.k. Provinzhauptstadt Prag bot man statt 5500 umgerechnet 9100 Franken Jahresgehalt. Also zog die Familie im April 1911 nach Prag.

Oft ist die Stadt an der Moldau wegen ihrer Schönheit besungen worden, aber Einstein konnte nicht in den Jubel einstimmen. Geld, wie sich herausstellte, war nicht alles im Leben. Statt der kostbaren Schweizer Luft atmete er nun den Dunst der böhmischen Industrie. Schon nach drei Sommerwochen war der neue Professor bedient: »Die Luft ist voll Ruß, das Wasser lebensgefährlich, die Menschen äußerlich, oberflächlich und roh«.

Das schlimmste von allem war, Einstein hatte niemanden, mit dem er wissenschaftlich diskutieren konnte. Was er aber hatte, war Zeit zum Nachdenken. In Prag begann Einstein mit der Ausarbeitung der Allgemeinen Relativitätstheorie.

ABM für Amtsschimmel

Trübe wie die Luft war auch die Stimmung in Prag. In der einstmals deutsch dominierten Stadt wuchs das tschechische Selbstbewußtsein. Schon seit 1861 war die tschechische Bevölkerung in der Überzahl, zu Einsteins Zeit stellten die Deutschen ein knappes Viertel der Einwohner. Man lebte friedlich, aber keineswegs freundschaftlich zusammen.

Der Riß ging sogar durch die neu zugezogene Professorenfamilie – hier der Schwabe, dort die Serbin; die Sympathien galten verschiedenen Seiten.

Im Universitätsleben der Stadt herrschte ganz und gar Eiszeit. Tschechische und deutsche Forscher desselben Fachgebietes trafen sich bei Kongressen im Ausland, sonst nicht. Einzig die kakanische Bürokratie merkte scheinbar nichts und feierte fröhliche Urständ. Einstein klagte: »Unendlich viel Schreibereien für den unbedeutendsten Dreck. Gesuch um Bewilligung des Reinigungsgeldes für die Institutsräume an die hohe Statthalterei.« Das war noch harmlos. Ein paar Wochen später klang es anders: »Die Tintenscheißerei im Amte ist endlos – alles, wie es scheint, um dem Troß von Schreibern in den Staatskanzeleien einen Schein von Daseinsberechtigung zu geben.«

Ein Genie wie du und ich

Wenngleich sich Einstein hütete, dergleichen etwa unter Kollegen loszulassen, war sein Ruf in der Fakultät dennoch ein zumindest gemischter. Als sich Philipp Frank, Einsteins späterer Nachfolger in Prag, beim Dekan vorstellte, bekam er folgendes zu hören: »Ach, Sie sind der neue Professor der Theoretischen Physik. In ihrem Fach verlangen wir nur eines von Ihnen: ein halbwegs normaler Mensch zu sein.« Großes Staunen bei Professor Frank: »Sind die denn so selten?« Antwort des Dekans: »Sie werden mir doch nicht einreden wollen, daß Ihr Vorgänger ein normaler Mensch war.«

Das Ende der Verbannung

Einstein ging 1911 von Prag zurück nach Zürich. Es lockten 10000 Franken Jahresgehalt, die alten, wie eh und je debattierfreudigen Kollegen und die Hausmusikabende bei der befreundeten Familie Hurwitz. Einstein jubelte, daß er nun bald wieder seine »Bude in Zürich aufschlagen« würde. Er war vermutlich der einzige Mensch auf der Welt, der ausgerechnet in Prag das Gefühl nicht loswerden konnte, »in einer Art Verbannung zu sein«.

Kleiner Kur-Ratgeber

Diät: Rauchen wie ein Schlot, Arbeiten wie ein Roß, Essen ohne Überlegung und Auswahl, Spazierengehen nur in wirklich angenehmer Gesellschaft, also leider selten, schlafen unregelmäßig« – Einstein war in Zürich in seinem Element.

Fotomodell Kupfersulfat

Zu Einsteins großer Freude kam ein neuer Professor an die Zürcher ETH. Es war jener Max von Laue, der seinerzeit eine miefige Zigarre in der Aare versenkt hatte. Inzwischen waren beide Wissenschaftler befreundet.

Laue experimentierte mit Röntgenstrahlen und »fotografierte« als erster die Anordnung der Atome im Kristallgitter von Kupfersulfat. Damit hatte er bewiesen, daß Röntgenstrahlen dieselben elektromagnetischen Eigenschaften wie das Licht haben. Als Einstein die Bilder sah, war er begeistert: »Ihr

Experiment gehört zum Schönsten, was die Physik je erlebt hat.«

Einstein war sein Leben lang großherzig genug, sich auch über die Erfolge anderer freuen zu können.

Welle oder Teilchen?

In Zürich wurden Einsteins Gedanken wieder vermehrt auf die erste, »sehr revolutionäre« Arbeit des Jahres 1905 gelenkt: »Über einen die Erzeugung und Verwandlung des Lichtes betreffenden heuristischen Gedanken.«

Dieser Gedanke war, daß das Licht keine Welle ist, sondern aus Teilchen besteht. Max Planck war zwar schon früher auf dieselbe Idee gekommen, aber eher widerwillig. Strahlung, die portionsweise von einer Quelle ausgeht, paßte nicht in das physikalische Weltbild. Die Natur hatte kontinuierlich zu sein und keine Sprünge zu machen.

Der 14. Dezember 1900, als Planck, mit welchen Gefühlen auch immer, sein Ergebnis vortrug, gilt als Geburtsdatum der Quantentheorie, das heißt, der gesamten modernen Physik.

Einstein näherte sich der Quantenhypothese ganz unbefangen. Er überlegte: Einerseits sollte das Licht aus unendlich sich ausbreitenden Wellen bestehen, andererseits nehmen bestimmte Stoffe Licht auf. Wie kann es da beliebig weit ausgedehnt sein? Der Widerspruch läßt sich nur lösen, wenn man das Licht in Quanten teilt. Andererseits gab es Untersuchungen, die den Wellencharakter des Lichts eindeutig bewiesen.

Einstein hatte mit seiner Lichtquanten-Theorie erste Gedanken zum Welle-Teilchen-Dualismus des Lichtes in die Welt gebracht. Ein Sowohl-als-Auch ausgerechnet in der Physik, der exaktesten aller Wissenschaften, wo sollte das noch hinführen?

Nichts für Wichtelmänner

Die »Quanten« sollten Einstein ein Leben lang beschäftigen. 1951 schrieb er: »Fünfzig Jahre intensiven Nachdenkens haben mich der Antwort auf die Frage ›Was sind Lichtquanten?‹ nicht näher gebracht. Natürlich bildet sich heute jeder Wicht ein, er wisse die Antwort. Doch da täuscht er sich.«

Ungerührt geschüttelt

Langsam wurde der Züricher Professor Einstein zum Pilgerziel bedeutender Fachkollegen. Vor allem über die Quantentheorie wollte man mit ihm debattieren.

Aus Berlin kam der berühmte und reiche Physiko-Chemiker Walther Nernst. Er hatte eine besondere Glühbirne erfunden und das Patent sehr gut an die AEG verkauft. Diese Glühbirne wurde später nach Nernst benannt. Seiner etwas konfusen Vorlesungen wegen schüttelreimten die Studenten noch Jahrzehnte später: »Hörst du im Schimmer des Nernstlichts, geh nur nach Hause, du lernst nichts.« Einstein und Nernst profitierten indes mit Begeisterung voneinander. Nernsts experimentelle Forschungsergebnisse bekräftigten die Quantentheorie.

Physik im Grand Hotel

Nicht nur solche Besuche, auch verschiedene Reisen sorgten für Abwechslung im Hochschulalltag.

Ernest Solvay war ein belgischer Industrieller und dilettierender Wissenschaftler. Er hatte eine »gravito-materialistische« Theorie aufgestellt und wollte, daß Fachleute sich damit beschäftigen; natürlich nur die besten. Deshalb lud er vom 29. Oktober bis 3. November 1911 die créme de la créme, 18 Forscher, ins Grand Hotel Metropole nach Brüssel ein. Es trafen sich Einsteins geistige Vorläufer, Gegner und Mitstreiter, und man diskutierte, gemütlich in die dicken Hotelfauteuils versunken, in angenehmstem Rahmen. Einstein indes teilte bärbeißig mit: »Positives kam nicht zustande.«

Andere sahen das anders, die Solvay-Kongresse wurden zu einer ständigen Einrichtung.

Krach im Grand Hotel

Grand Hotel Metropole Brüssel, mehr als ein Vierteljahrhundert später, 1927. Wieder ist ein Solvay-Kongreß einberufen. Diesmal verspricht er besonders spannend zu werden. Nobelpreisträger Albert Einstein und Nobelpreisträger Niels Bohr haben eine

Kontroverse auszutragen. Es geht um die Quantentheorie, deren neuester Entwicklung Einstein reserviert gegenübersteht.

Es kommt zu einem geistigen Duell, das seinesgleichen in der Wissenschaftsgeschichte sucht. Der Physiker Paul Ehrenfest schilderte es wie eine Boxweltmeisterschaft: »Einstein immer neue Beispiele ... Bohr stets aus einer dunklen Wolke von philosophischem Rauchgewölk die Werkzeuge heraussuchend, um Beispiel nach Beispiel zu zerbrechen. Einstein wie die Teuferln in der Box: jeden Morgen frisch herausspringend.«

Der letzte Kongreßtag brach an, die letzte Runde wurde eingeläutet. Einstein brachte ein Beispiel, das Bohr erst am Abend widerlegen konnte. Aber wie! Bohr benutzte dazu Einsteins Allgemeine Relativitätstheorie. Einstein war geschlagen und hatte die Waffen selbst geliefert.

Der fünfte Solvay-Kongreß ist wegen dieser Diskussion berühmt geworden.

Irrungen, Wirrungen und Tensoren

Einstein war auf dem Wege zur Allgemeinen Relativitätstheorie und kam nicht weiter damit. Deutlich spürte er nun, wie mangelhaft seine Mathematikkenntnisse waren. Nachdem er sich hoffnungslos verrannt hatte, wußte er nur noch ein Mittel. Einstein alarmierte seinen alten Studienfreund Marcel Grossmann, der Mathematiker war: »Grossmann, du mußt mir helfen, sonst werd ich verrückt.« Und Grossmann half. Er erkannte Einsteins mathematisches Problem, wußte, daß die Lösungswege bereits entwickelt waren, und sagte sie weiter. In Einsteins Merkheft findet sich der Eintrag: »Grossmann Tensor vierter Mannigfaltigkeit.« Das war wohl die rettende Idee.

Laßt mich den Löwen auch noch sehen

»Die Natur zeigt uns von dem Löwen zwar nur den Schwanz. Aber es ist mir unzweifelhaft, daß der Löwe dazugehört, wenn er sich wegen seiner ungeheuren Dimensionen dem Blicke auch nicht unmittelbar offenbaren kann.« – Einstein im Frühjahr 1914, auf dem Wege zur Allgemeinen Relativitätstheorie.

Man nehme eine Portion höhere Mathematik und eine Sonnenfinsternis

Als die Allgemeine Relativitätstheorie im November 1915 vollendet war und 1916 als Buch vorlag, hatte sich Einstein »im Leben noch nicht annähernd so geplagt«. Jetzt war ihm klar, daß die mathematischen »unfruchtbaren Subtilitäten« alles andere als »purer Luxus« waren, daß vielmehr »der Zugang zu den tieferen prinzipiellen Erkenntnissen in der Physik an die feinsten mathematischen Methoden gebunden war«.

Die Spezielle Relativitätstheorie erschien ihm als »Kinderei« gegenüber der großen allgemeinen Theorie, die nicht nur konstant bewegte, sondern auch beschleunigte Systeme betrachtete, wobei Beschleunigung und Gravitation in gleicher Weise wirken. Der Clou war Einsteins theoretische Feststellung, daß das Weltall gekrümmt war.

Um die Krümmung zu bestätigen, brauchte er nun nur noch eine Sonnenfinsternis und einen interessierten Astronomen, der die Ablenkung von Lichtstrahlen eines neben der Sonne stehenden Sterns durch das Gravitationsfeld der Sonne beobachten und messen wollte. Dann würde seine Theorie durch das Experiment unantastbar bestätigt sein.

Perfekt genasführt

Einstein hatte Respekt vor der Mathematik bekommen, wenngleich er sie trotz aller Bemühungen nie bis in die letzten Feinheiten durchschauen sollte. »Mathematik ist die einzige perfekte Methode, sich selber an der Nase herumzuführen«, meinte er später resigniert.

Als er sich genug genasführt fühlte, schaffte er sich einen Rechner an. Der hieß Walther Meyer und war promovierter Mathematiker.

Beruf: mumifiziertes Legehuhn

Einstein war nicht nur jedes Mal umgezogen, wenn er eine neue Stelle antrat, sondern auch jede Gehaltserhöhung hatte ihm Lust zum Wohnungswechsel gemacht. Jetzt aber, nach zwei Jahren Professur in Zürich, stand ein wirklich großer Umzug an. Im Juli 1913 war er zum ordentlichen Mitglied der Berliner Akademie der Wissenschaften gewählt worden.

Stolz, Freude und ein kleiner Beigeschmack von Skepsis wurden einsteintypisch so formuliert: »Die Berliner spekulieren mit mir wie mit einem prämierten Legehuhn; aber ich weiß nicht, ob ich noch Eier legen kann!«

Die Verlockungen aus Berlin waren gewaltig. 12900 Mark Jahresgehalt und keine Verpflichtung zu Lehrveranstaltungen überwogen gegenüber dem abgrundtiefen Mißtrauen gegen alles Preußische. »Ostern gehe ich nämlich nach Berlin«, berichtet er, »als Akademie-Mensch ohne irgendwelche Verpflichtung, quasi als lebendige Mumie. Ich freue mich auf diesen schwierigen Beruf.«

Letzte Szene einer Ehe

Noch etwas lockte Einstein nach Berlin: seine Cousine Elsa, in die er inzwischen verliebt war. Verheiratet war er bislang allerdings mit Mileva, und die wollte partout nicht dorthin. Einstein blieb hart, aber gleichgültig gegen alles Äußere, wie er nun einmal war, befand er: »Die Auswahl der Wohnung ist mir wurst. Sie soll selber fahren und eine suchen nach ihrem Geschmack.« Die Ehe versuchte Einstein auf eine Art Geschäftsbeziehung zu reduzieren. In einem »Memorandum« verfaßte er einen Verhaltenskodex: »Du verzichtest auf alle persönlichen Beziehungen zu mir ... du hast weder Zärtlichkeiten von mir zu erwarten noch irgendwelche Vorwürfe zu machen ... du hast eine an mich gerichtete Rede sofort zu sistieren, wenn ich darum ersuche ...«

Das genügte endgültig. Nur ein viertel Jahr später reiste Mileva Einstein-Marič nach Zürich zurück, mit den Kindern.

»Nun sind sie fort für immer«, schrieb er an Elsa, »und das Bild ihres Vaters in ihrem Geist wird systematisch verdorben.«

Warum denn weinen....

Die Szene am Bahnhof war herzzerreißend, Mileva zu Tode gekränkt, die Kinder verstört, Einstein um seine Kinder weinend und heulend wie ein kleiner Junge. Einsteins Freund Fritz Haber, der ihn zum Bahnhof begleitete, hat davon berichtet.

Aber der Trost ist bei der Hand und heißt Elsa. Noch zieht Einstein aber nicht zu ihr, sondern man schreibt sich Briefe.

Die Meinung Fritz Habers teilt er ihr in einem merkwürdig verschraubten Stil mit: »Er scheint überzeugt zu sein, daß Du das richtige Weibchen für mich bist. Er begreift auch vollkommen, daß ich mit Miza nicht leben konnte. Nicht ihre Häßlichkeit, sondern Starrheit, Mangel an Anpassung und Schmiegsamkeit und Weichheit, das hätte eine Verschmelzung verunmöglicht. Er hält mich für keinen Unmenschen.«

Beelzebub in Berlin-Dahlem

Der berühmte Chemiker Fritz Haber war ein cholerischer Mensch. Einstein nannte ihn gar einen rasenden Barbaren. Dies bezog sich vor allem auf Habers Forschungsmethoden. Er arbeitete, als wollte er der Natur die Wahrheiten mit Gewalt entreißen.

Der Chemiker ließ seine Impulsivität aber nicht nur an seinen Laborgeräten und Präparaten aus. Einmal führte er mit Einsteins Freund, dem Physiker Max Born, ein Fachgespräch über einen ziemlich komplizierten mathematischen Gegenstand. Es war beiden aber nahezu unmöglich, sich zu konzentrieren. Assistenten, Doktoranden, Mechaniker, Kollegen gaben einander die Klinke von Habers Dahlemer Institutszimmer in die Hand und wollten irgend etwas von ihrem Chef. Haber wurde es zu bunt. Er griff nach dem gläsernen Tintenfaß. Als sich die Tür das nächste Mal öffnete, ohne daß vorher angeklopft worden war, zielte er und warf nach dem Störenfried wie Luther dermaleinst nach dem Teufel. Das Tintenfaß zersplitterte mit den entsprechenden Folgen an der weißen Zimmerwand direkt neben der Tür – und eine fassungslose Frau Clara Haber drehte sich entsetzt im Türrahmen um und verschwand. Haber und Born redeten weiter ...

Kleiner Hygiene-Ratgeber oder Durch Mark und Bein

Haarbürste wird regelmäßig verwendet, auch sonst verhältnismäßig ordentliche Reinigung. Sonstiger Lebenswandel so so la la. Zahnbürste aus ächt wissenschaftlichen Erwägungen betreffend die Gefährlichkeit der Schweinsborste wieder in Ruhestand versetzt: Schweinsborste bohrt Diamanten durch; wie sollten also meine Zähne ihr widerstehen?« – Einstein an Elsa 1913.

Ein mitleidig dösendes Vieh

Ein Jahr später ist das, was Einstein neben der Physik beschäftigt, von ganz anderem Gewicht als die Zahnbürste.

Der erste Weltkrieg war ausgebrochen, und Einstein mußte mit Entsetzen feststellen, daß ein Kollege wie der distinguierte Max Planck eine martialische Rede gegen »die Brutstätten schleichender Hinterhältigkeit« hielt und daß Fritz Haber und Walther Nernst sich freiwillig zum Kriegsdienst meldeten. Alle drei unterschrieben einen patriotischen »Aufruf an die Kulturwelt«, in dem es darum ging, für die »reine Sache« zu kämpfen.

Einstein sitzt zu Hause und ist frustriert. Der Leidener Physikprofessor Paul Ehrenfest kriegt zu hören: »In solcher Zeit sieht man, welch trauriger Viehgattung man angehört. Ich döse ruhig vor mich hin in meinen Grübeleien und empfinde eine Mischung aus Mitleid und Abscheu.«

Konspiration am Genfer See

Das Dösen hält nicht lange an, Einstein wird aktiv. Zum ersten Mal tritt er als Pazifist öffentlich in Erscheinung. Zuerst unterschreibt er als einer von ganz wenigen einen Gegen-»Aufruf an die Europäer«. Vier Monate nach Kriegsausbruch begründet er den »Bund Neues Vaterland« mit, der sich gegen den Krieg wendet. Der Bund wird zwar zwei Jahre später verboten, aber Einstein lernte über ihn Romain Rolland kennen. Beide treffen sich am Genfer See und nehmen voreinander in politischen Dingen offenbar kein Blatt vor den Mund. Rolland jedenfalls notiert Umstürzlerisches. »Er hofft auf den Sieg der Alliierten, der die Macht Preußens und der Dynastie zerstören würde.«

Dunkle Wolken über Rußland

So sehr die Erdenwürmer auch außer Rand und Band gerieten – Sonne, Mond und Sterne zeigten sich unbeeindruckt von den Kriegswirren. Planmäßig sollte sich über Rußland am 21. August 1914 die nächste Sonnenfinsternis ereignen, deren wissenschaftliche Auswertung Einstein so dringend zum Beweis seiner Allgemeinen Relativitätstheorie brauchte. Der deutsche Astronom Erwin Freundlich hatte auch mühselig das Geld für eine Expedition zusammengebracht. Kurz vor dem Ziel aber wurden er und seine Mitarbeiter als Feinde in Rußland gefangengenommen.

Amerikanische Astronomen erreichten dank der Tatsache, daß sie Verbündete der Russen waren, ihr

Ziel. Aber, Tücke des Objekts, Wolken verdeckten die sich verfinsternde Sonne. Eine Chance zum Beweis der Relativitätstheorie war vertan.

Die deutschen Astronomen wurden später gegen russische Gefangene ausgetauscht und landeten, sehr zu Einsteins Beruhigung, wohlbehalten wieder in Berlin. Das letzte Kapitel zur Allgemeinen Relativitätstheorie war 1914 noch nicht geschrieben.

Abgetretene Teppiche

Einstein und Elsa heirateten 1919. Er zog zu ihr in seine dritte und letzte Berliner Wohnung in der Haberlandstraße nahe des Bayerischen Platzes. Das Haus wurde im 2. Weltkrieg gänzlich zerstört.

Vorher war es ein schönes Haus mit Fahrstuhl und Portier. Einstein, seine Frau Elsa und deren Töchter aus erster Ehe bewohnten dort eine ganze Etage, und dazu gab es als Gelehrtenstube noch eine ausgebaute Mansarde, das »Turmzimmer«. Viele Besucher haben sich über Haus und Wohnung geäußert. Die Haushälterin meinte über ihren Arbeitsplatz: »ziemlich prunkvoll«, Einsteins langjähriger vertrauter Briefpartner Max Born sprach von »wohlgepflegter Häuslichkeit«, ein anderer Physiker fand, Einstein lebe »inmitten schöner Möbel, Teppiche und Bilder«. Das Urteil eines weiteren Besuchers wich deutlich von den vorhergehenden ab. Einstein hätte in einer bescheidenen kleinen Wohnung mit abgetretenen Teppichen gelebt, hieß es in den Lebenserinnerungen eines berühmten Künstlers. Charlie Chaplin war in Hollywood wohl anderen Komfort gewohnt als eine Sieben-Zimmer-Stadtwohnung im 4. Stock.

Nächtliche Ruhestörung, aber nicht zu oft

Wenn die Teppiche auch Wünsche offen ließen, so hatte Einsteins Wohnung doch einen unbestreitbaren Vorzug: eine gekachelte Küche.

Gerade dort hat Einstein nachts Geige gespielt. Die langjährige Haushälterin der Einsteins, Herta Schiefelbein, wußte warum. »Da hat es so schön gehallt. Es waren aber keine Musikstücke, die Herr Professor gespielt hat, sondern mehr eigene Improvisationen. Da hat er dann so dabei nachgedacht.«

Gestört fühlte sich Herta davon nicht. »Herr Professor spielte ja nur ab und zu nachts Geige, nicht oft.«

Unsere gute tapfere Herta

Herta Schiefelbein, verheiratete Waldow, hat in Gesprächen mit dem Wissenschaftshistoriker Friedrich Herneck vieles über den Privatmenschen Einstein berichtet und ebenso viele Geschichtchen, die über ihn im Umlauf waren, ins Reich der Legende verwiesen.

Als Einstein emigrierte, blieb Herta in der Berliner Wohnung, erlebte eine Hausdurchsuchung, den dreisten Diebstahl von Bildern, Teppichen und Tafelsilber durch SA-Leute, die Auflösung von Einsteins Wohnung und eine Vernehmung durch die Kriminalpolizei. Man wollte von ihr etwas hören, was die Beschlagnahme des Einsteinschen Sommeranwesens in Caputh bei Berlin rechtfertigen könnte. Sie hatte nichts dergleichen zu berichten, sondern war über ihre Herrschaft des Lobes voll.

Von all dem erfuhr Einstein noch in Amerika, dann riß die Verbindung ab. Nach dem Krieg vermied es Herta zwei Jahre lang, an Einstein in Princeton zu schreiben, um nicht als Bittstellerin zu erscheinen. Erst 1947 entschloß sie sich zu einem Geburtstagsglückwunsch. Einstein antwortete: »Sie hätten die Freude sehen sollen, als Ihr Brief ankam. So oft fragten wir uns: Was ist aus unserer guten und tapferen Herta geworden? Und wir fanden es bedenklich, daß wir so lange nichts hörten. Sie haben ja so viel und so Verschiedenartiges mit uns zusammen erlebt ... Hoffentlich geht's bei Ihnen bald wieder besser mit dem leidigen Futter.«

Einstein im Schönheitssalon

Herta Waldow und Friedrich Herneck reden über Haarpflege: »Frau Einstein hat sich anscheinend öfter als Amateurfrisöse betätigt.«

»Ja, das hat sie. Wenn seine Haare zu lang waren, wenn es gar zu schlimm geworden war, dann hat sie ihm das Haar mit der Schere abgeschnitten. Das hat er sich dann auch machen lassen. Da Frau Professor aber sehr kurzsichtig war und beim Haarschneiden ihre Lorgnette nicht ständig benutzen konnte ...«

»... schnitt sie ihrem Mann das Haar sozusagen im Blindflug, und der Haarschnitt fiel dann auch dementsprechend aus. Es gibt Fotos, auf denen Einstein aussieht wie gerupft. Das dürfte das Ergebnis der Behandlung im ›Salon Elsa Einstein‹ gewesen sein.«

»Aber Herr Professor war eben nicht zu bewegen, zu einem Berufsfrisör zu gehen.«

Wie aus dem Gespräch weiter hervorgeht, wurde auch der Schnurrbart auf diese lebensgefährliche Weise »amateurisch zugestutzt«.

Ein neuer Anzug für den alten Adam

Wie um seine Frisur, so ranken sich auch um Einsteins Garderobe zahlreiche Legenden. Die hat Haushälterin Herta allerdings alle bestätigt. Auch schon vor ihrer Zeit, in Zürich, war Einstein irgendwie aufgefallen. Man erinnerte sich an eine »unordentliche Gestalt in einem ziemlich legeren Aufzug, die einen auffallenden Strohhut trug«.

Im Haus in der Haberlandstraße ließ er sich die Manschetten von den Hemdsärmeln schneiden, weil sie ihm lästig waren, und trug Strickjacken und Pullover von zweifelhafter Paßform. Morgens erschien er in einem alten Schlafrock, den er zur allgemeinen Peinlichkeit manchmal vergaß und im Adamskostüm ins Bad schritt.

Der Kauf eines neuen Anzugs gestaltete sich regelmäßig zum Drama, das gewöhnlich damit endete, daß Frau Elsa ein altes Jackett aus dem Schrank nahm und damit – statt mit ihrem Mann – in eines der großen Berliner Bekleidungshäuser fuhr.

Selbst bei der Nobelpreisverleihung fiel Einstein seines abgetragenen Smokings wegen unangenehm auf.

Wozu Socken? Sie schaffen nur Löcher!

Die größte Gleichgültigkeit legte Einstein den Socken gegenüber an den Tag. Wenn möglich, trug er einfach gar keine. Im Sommer fuhr er zu Vorträgen, Sitzungen und sonstigen offiziellen Obliegenheiten am liebsten barfuß in Sandalen. Das fand man unerhört und wetzte die Zungen. Sein Kommentar dazu: »Wozu Socken? Sie schaffen nur Löcher!«

Diese Erkenntnis fußte auf solider Forschungsarbeit. »Als ich jung war, fand ich heraus, daß die große Zehe immer die Angewohnheit hat, ein Loch in die Socke zu machen. Und so habe ich aufgehört, Socken zu tragen.«

Die Sockenfrage begleitete Einstein ein Leben lang. Noch in Princeton ließ er seinen Nachbarn wissen, daß er inzwischen ein Alter erreicht habe, in dem er dann, wenn ihm jemand sage, er solle doch bitte Socken tragen, dies nicht tun müsse.

Daß er 1934 selbst im Weißen Haus ohne Socken erschien, machte ihn endgültig zum Kauz. Jahre später berichtete er seinem Freund Hans Mühsam in Haifa, daß er nun ein »einsamer alter Knabe« sei,

»eine Art altertümliche Figur, die hauptsächlich durch den Nichtgebrauch von Socken bekannt ist«.

Zum Nachtisch Erdbeeren

Haushälterinnen wissen andere Dinge über einen Menschen als beispielsweise korrespondierende Physikerfreunde. Sie kennen zum Beispiel die Leibspeisen ihrer Herrschaft.

Wenn Einstein eine größere Gesellschaft gab, was mehrmals im Jahr sein mußte, war die Speisefolge von nahezu ritueller Gleichförmigkeit. Zuerst kam eine klare Brühe mit Eierstich, die darauf folgende Eiermayonnaise mit Büchsenlachs bereitete die Hausfrau höchstselbst zu. Das Hauptgericht war dann Schweinefilet mit Maronen, und nach den Eßkastanien kam das wichtigste, die Nachspeise. Es mußte eine Erdbeerspeise mit Schlagsahne sein, gemischt mit Erdbeerschnee. Erdbeeren konnte Einstein pfundweise essen.

Streng koscher

Apropos Schweinefilet. Einsteins Nachfolger in Prag, Philipp Frank, hatte ihn 1921 zu einem Vortrag eingeladen. Unter den Hörern war auch ein auswärtiger orthodoxer Jude, der Einstein nach einem kosche-ren Restaurant fragte. Einstein erinnerte sich an seine Prager Zeit und nannte ein solches Lokal. Der Jude, streng gläubig, fragte noch zweimal nach, ob das Gasthaus auch wirklich alle Regeln einhalte.

Daraufhin holte Einstein tief Luft: »Wirklich streng koscher ißt nur der Ochs. Der frißt nämlich Gras.«

In Einsteins Haushalt war man weder streng noch nachlässig koscher. Dort wurde alles gegessen.

Doch kein Haifisch

Als Einstein in die Jahre gekommen war, sah sein Speiseplan allerdings auch kein Schweinefilet mehr vor. Mit jüdischen Speisevorschriften hatte dies wenig zu tun, eher mit dem unbestimmten Gefühl, »Tierleichen immer mit etwas schlechtem Gewissen gegessen« zu haben.

Er konnte ohne sie existieren, wie Hans Mühsam 1954 erfuhr. »So lebe ich fettlos, fleischlos, fischlos dahin, fühle mich aber ganz wohl dabei. Fast scheint mir, daß der Mensch gar nicht als Raubtier geboren ist.«

Späte Fotos zeigen Einstein tatsächlich mit dem etwas wehrlosen Aussehen des Vegetariers, wie es Garcia Marquez beschrieben hat.

Breitschultrig, plattfüßig, wohlgenährt

Die »Stütze der Hausfrau« – strenggenommen ein höherer Dienstgrad als Haushälterin – und begeisterte Köchin Herta leistete in Einsteins Berliner Haushalt ganze Arbeit. Kein Problem für sie, das Budget reichte aus. »Die Wissenschaft ist auch was wert. / Kein Geiger ist so wohlgenährt«, schrieb Einstein unter eine Lithographie, die ihn musizierend und recht korpulent zeigt. Damals war er 49 Jahre alt.

Besonders groß war er auch nicht. Ein Schweizer Bekannter schätzte den anfangs spindeldürren jungen Mann auf 1,76; die Haushälterin Herta gibt ihm aber höchstens 1,72 bis 1,73. Zum Ausgleich nennt sie ihren Herrn Professor jedoch »ziemlich breitschultrig«.

Ganz genau kann man in Einsteins »Dienstbüchlein« lesen, wie groß er war: 171,5 cm. Im übrigen neigte er zu Krampfadern und hatte Platt- und Schweißfüße, was ihn für den Schweizer Armeedienst untauglich machte.

Zum Denken ausreichend, für die Kunst mangelhaft

Einsteins Körperlichkeit barg noch einen anderen, weitaus gravierenderen Mangel. Ihn selbst hat er zeitlebens nicht beeinträchtigt, aber er war ein Problem – ein Schaffensproblem für Künstler. Zu deren Erstaunen und Mißvergnügen hatte er, wie sein Arzt und Biograf Janos Plesch behauptet, keinen Hinterkopf. Zeichner, Maler oder Bildhauer hätten ihn nie recht getroffen, weil sie angeblich alle gehemmt waren, einen so gewaltigen Schädel, wie Einstein ihn von vorn bot, ohne rechten Hinterkopf darzustellen.

Einstein im Urwald

Der erste Weltkrieg ist im zweiten Jahr. Einstein arbeitet an der mathematischen Ausformung seiner Allgemeinen Relativitätstheorie.

Im Herbst 1915 hat er endlich die Lösung gefunden. Am 4. November hält er einen denkwürdigen Vortrag in der Preußischen Akademie. Einstein ist glücklich – »dem Zauber dieser Theorie wird sich kaum jemand entziehen können, der sie wirklich erfaßt hat« –, und die Zuhörer sind überfordert.

Kein Wunder, hatte er selbst doch jahrelang mit der schwierigen Materie gekämpft. Der richtigen Lösung schon ganz nahe, wurde alles noch einmal verworfen. In einem Neujahrsbrief an den Physiker Arnold Sommerfeld schreibt er 1916: »Die jetzigen Gleichungen hatte ich im wesentlichen schon vor 3 Jahren zusammen mit Grossmann, der mich auf Riemanns Tensoren aufmerksam machte ... Ebensowenig konnte ich erkennen, daß die Newtonsche Theorie darin enthalten war; ... ich glaubte sogar, das Gegenteil eingesehen zu haben. So geriet ich in den Urwald.«

Einstein im Rausch

Der Schlußpunkt unter die Allgemeine Relativitätstheorie ist in dem Vortrag Anfang November noch nicht gesetzt. Einige Steine fehlen noch im Theoriegebäude. Einstein versinkt endgültig im Schaffensrausch, ignoriert Übermüdung und Magenschmerzen, wird schier euphorisch. An seinen alten Freund Michele Besso schreibt er Wissenschaftliches im Telegrammstil: »Allgemeine kovariante Gravitationsgleichungen ... Rolle der Gravitation im Bau der Materie. Du wirst staunen.«

Am 25. November spricht er noch einmal in der Akademie und beendet seinen Vortrag mit den Worten: »Damit ist endlich die Allgemeine Relativitätstheorie als logisches Gebäude abgeschlossen.«

Die Briefe an seine vielen Freunde klingen weniger professoral: »die kühnsten Träume sind in Erfüllung gegangen«; »der wertvollste Fund, den ich in meinem Leben je gemacht habe«; eine Theorie »von unvergleichlicher Schönheit«.

Aber so schön sie auch war, der Beweis für ihre Richtigkeit stand noch aus. Keine Sonnenfinsternis weit und breit.

Verliebt, kuriert, geheiratet

Einstein arbeitete nach der Vollendung der Relativitätstheorie unvermindert weiter, unter anderem leistete er sogar erste theoretische Vorarbeiten für die Lasertechnik.

Die Versorgungslage im Krieg wurde immer schlechter, die persönliche Anspannung immer größer, keine Frau war an seiner Seite; 1917 erkrankte Einstein schwer. Ein Leberleiden suchte den Mann, der zeitlebens kaum einen Tropfen Alkohol zu sich nahm, heim. Dazu kamen Magen- und Zwölffingerdarmgeschwüre und schließlich eine Gelbsucht.

Es war Elsa, die ihn weit über ein Jahr lang pflegte und ihm damit wahrscheinlich das Leben gerettet hat. In einem Wechselbad von Rückschlägen und stabileren Phasen wurde er nach und nach wieder gesund.

Danach ließ sich Einstein von Mileva scheiden und heiratete Elsa.

... fiel aus wegen Revolution

Im Jahr 1919 wollte er ein Kolleg halten. Es war für den 9. November angesetzt. Einsteins Tagebuch sagt nur: »fiel aus wegen Revolution«.

An diesem Tag riefen die Arbeiter- und Soldatenräte in Berlin die Republik aus. Das war eine gute Nachricht für den Republikaner Einstein, der unter den Wissenschaftlern als »eine Art Obersozi« galt.

Dazu passend, war er auch kein Patriot, nirgendwo und niemals in seinem umtriebigen Leben. Staatsbürgerschaft sah er bestenfalls wie eine »Beziehung zu einer Lebensversicherung«.

Dem Herzen folgen

Sein Freund Max Born wollte von Einstein einen Rat, ob er lieber nach Göttingen gehen oder in Frankfurt am Main bleiben sollte. Einstein fand, das sei völlig egal, denn die Physik gedeihe dort, wo Born seine Zelte aufschlüge. Er hielt sich für einen schlechten Ratgeber in solchen Angelegenheiten. »Die Asche meines Vaters liegt in Mailand, meine

Mutter habe ich ... hier zu Grabe getragen. Ich selbst bin unausgesetzt herumgegondelt – überall ein Fremder. Meine Kinder sind in der Schweiz.« Einsteins Ideal war, sich mit den Seinen, das war nun Elsa mit ihren Töchtern, irgendwo zu Hause zu fühlen.

»Am besten ist es, Ihr folgt Eurem Herzen, ohne viel nachzudenken«, riet er Max und Hedi Born. Sie gingen nach Göttingen.

Schiefe Lichter am Äquator

Das Jahr 1919 beschenkte Albert Einstein nicht nur mit einer neuen Frau, einer schönen Wohnung und einer deutschen Republik, sondern auch mit einer Sonne, die sich am 29. Mai total verfinsterte. Allerdings tat sie das in der Nähe des Äquators.

Der relativitätstheoriebegeisterte britische Astronom Sir Arthur Eddington war Feuer und Flamme, aber vorsichtig genug, um zwei Expeditionen in den Süden auszurüsten. Eine fuhr nach Nordbrasilien, die andere auf die Insel Principe vor Westafrika. Dort wurden sieben Fotoplatten aufgenommen, die das vom Gravitationsfeld der Sonne abgelenkte Licht des Sternhaufens Hyaden zeigten.

Die Auswertung dauerte seine Zeit. Die Platten mußten ausgemessen und mit älteren Fotos verglichen werden, auf denen die Hyaden weiter von der Sonne entfernt standen und ihr Licht von der Anziehungskraft der Sonne unbeeinflußt blieb.

Anfang September hielt Eddington in London einen Vortrag über seine Meßergebnisse. Ein anwesender holländischer Physiker überbrachte seinem Kollegen Hendrik Anton Lorentz, Einsteins Freund in Leiden, die Nachricht, daß die grobe Auswertung der Fotoplatten den erwarteten Wert ergab. Lorentz endlich telegrafierte dieses Ergebnis am 22. September an Einstein.

Erst am 6. November war die Messung dann exakt und das Ergebnis offiziell. Die Größe der Lichtablenkung hatte mit 1,75 Bogensekunden fast genau den vorausberechneten Wert!

Die Sensation war da. Das britische Unterhaus diskutierte. Der Präsident der Royal Society sprach von »einer der höchsten Errungenschaften des menschlichen Denkens«.

Natürlich stürzten sich auch die Zeitungen auf die Neuigkeit. Einsteins großartige Theorie hatte höchstens irgendein Original in der Wissenschaftsabteilung wahrgenommen, aber die astronomischen Beweise schlugen ein. Die Londoner »Times« machte sogar zwei Tage damit auf: »Wissenschaftliche Revolution. Neue Theorie des Universums. Newtons Vorstellung umgestürzt.« Einen Tag später wurde man sportlicher: »Revolution in der Wissenschaft. Einstein gegen Newton.« Die »New York Times« titelte schlicht »Lichter am Himmel alle schief.«

Einstein war über Nacht weltberühmt.

Gott sei Dank, dachte der liebe Gott

Bei einer seiner vielen Vortragsreise in Sachen Relativitätstheorie hatte eine Studentin eine Frage. Im Kern lautete sie etwa so: Herr Einstein, wie hätten Sie reagiert, wenn die Allgemeine Relativitätstheorie nicht durch eine Messung bestätigt worden wäre?

Einsteins Antwort: »Da könnt mir halt der liebe Gott leid tun. Die Theorie stimmt doch.«

Vom Gelichter verfolgt

Die deutsche Presse blieb anfangs merkwürdig kühl. Große Zeitungen druckten populärwissenschaftliche Beiträge der Physiker Erwin Freundlich und Max Born. Die »Berliner Illustrirte Zeitung« hatte den journalistisch aufregenden Einfall, Einsteins Portrait auf der Seite 1 abzudrucken. Die ziemlich umständliche Bildunterschrift lautete allerdings: »Eine neue Größe der Weltgeschichte: Albert Einstein, dessen Forschungen eine völlige Umwälzung unserer Naturbetrachtung bedeuten und den Erkenntnissen eines Kopernikus, Kepler und Newton gleichwertig sind.«

Wie die Tonlage der Presse auch immer sein mochte, Einsteins Ruhm wuchs rasant. Alles, was er von nun an sagte, hatte Gewicht und wurde beachtet. Einstein selbst formulierte diese Tatsache später drastischer: Jeder Piepser wurde zum Trompetensolo.

An Max Born schrieb er am 9. Dezember 1919:

»Dein ausgezeichneter Artikel in der Frankfurter Zeitung hat mich sehr gefreut. Nun aber wirst du gerade wie ich ... von der Presse und sonstigem Gelichter verfolgt. Bei mir ist es so arg, daß ich kaum mehr schnaufen, geschweige zu vernünftiger Arbeit kommen kann.«

Das Mysterium des Nicht-Verstehens

Mit der Zeit wurde Einstein etwas nachsichtiger mit der physikalisch ungebildeten Menschheit um sich herum. Etwas spitz bemerkte er zwar noch: »Gegenwärtig debattiert jeder Kutscher und jeder Kellner, ob die Relativitätstheorie richtig sei«, aber im Jahr 1921 schlug er in einem Artikel für eine holländische Zeitung schon ganz andere Töne an.

Er fragte sich, ob er es lächerlich fände, daß sich Massen von Menschen, ganz gewöhnliche Leute, über seine hochkomplizierten Theorien derart erregten.

»Es ist komisch und auch interessant zu beobachten. Ich bin sicher, daß es das Mysterium des Nicht-Verstehens ist, was sie so oft anzieht.«

In den USA sollte Einstein gerade diesen »mysteriösen« Effekt noch viel stärker zu spüren bekommen.

Der Kult-Geiger

»O ja, doch, durchaus, das konnte man sich anhören, besonders der Variationensatz ...«, so ungefähr dachte der Kritiker, als er Einstein bei einer halböffentlichen Soirée Anfang Februar 1920 musizieren gehört hatte.

Die unglaubliche Berühmtheit dieses Geigers erschien ihm aber gelinde gesagt übertrieben. Überall hörte man jetzt den Namen Einstein. Diesem Kult würde er im Blatt entschieden entgegentreten müssen. Er schrieb:

»Einsteins Geigenspiel ist ausgezeichnet, aber Weltruhm verdient er nicht; es gibt viele andere, die genau so gut spielen.«

Relativitätstheorie jetzt auch als Ballett

Noch nicht genug der Kunst. Im Januar 2005 konnte man in der Magdeburger »Volksstimme« lesen, daß Einsteins Relativitätstheorie nun auch als Ballett auf die Bühne käme. Der Titel des Werkes: »Constant Speed.«

Die Musik zu der Choreografie von Mark Baldwin stammt von Franz Lehár und wurde, welch ein Zufall, im Jahre 1905 komponiert.

Choreograf Mark Baldwin ließ sich während der Arbeit von einem Physikprofessor beraten. Er sei nun davon überzeugt, daß die Theorie »ziemlich gut im Tanz ausgedrückt werden kann«.

Endlich praktischer Nutzen der Relativitätstheorie nachgewiesen

Ein Dienstagabend im Frühjahr 1920. Menschen strömen in die Frankfurter Universität, als wollten sie ins Kino. Auf dem Plakat ist allerdings kein Stummfilm mit Charlie Chaplin angezeigt, sondern es steht da: »Die Relativitätstheorie in elementarer Deutung.«

Einsteins Kollege Max Born nutzt das plötzliche physikalische Interesse der Bevölkerung auf entschieden praktische Weise. Jeden Dienstag im Sommersemester 1920 hält er einen öffentlichen Vortrag. Diese Veranstaltungen kosten Eintritt, und sie sind gut besucht.

In Zeiten knapper Kassen, wie sie mit der Inflation anbrachen, besserte er damit seinen Institutsetat in Frankfurt am Main auf, und zwar gar nicht schlecht. Born nahm insgesamt 6000 Mark ein.

Muppetshow in Rostock

Im November 1919 wurde Einstein zur 500-Jahrfeier der Universität Rostock eingeladen. In Berlin war gerade die Republik ausgerufen worden, aber Rostock liegt ja bekanntlich in Mecklenburg. Einstein machte während des Festaktes im Theater »drollige« Beobachtungen. Der Theatersaal hätte der Feier etwas »Komödienhaftes« gegeben. »Reizend war es da zu sehen, wie in zwei Proszeniumslogen ... die Männer der alten und der neuen Regierung saßen. Natürlich wurde die neue von den akademischen Größen mit Nadelstichen aller erdenklichen Art traktiert«. Die

Rostocker Universitäts-Größen hatten bei der Festvorbereitung den Tagesordnungspunkt »Begrüßung des Großherzogs« gewiß nicht vergessen und wollten ihn nun auch nicht »wegen Revolution« ausfallen lassen. Im Gegenteil, dem Ex-Großherzog scholl donnernder, langanhaltender Beifall entgegen. »Gegen die angestammte Knechts-Seele hilft keine Revolution!« lautete Einsteins Kommentar.

Ein gebildetes Krokodil

Einen Sommer vor dem turbulenten Jahr 1919 war es um den Rekonvaleszenten Einstein noch recht ruhig gewesen. Elsa hatte einen Erholungsaufenthalt in Ahrenshoop organisiert, und Einstein gab knirschend seine Zustimmung. Er müsse in die Sommerfrische, ließ er Freund Born wissen.

Schon wenige Tage später lieferte er postalische Schwärmereien vom Darßer Ostseestrand. Wie wundervoll sei es, ohne Telefon, ohne Verpflichtungen und in absoluter Ruhe dahinzuleben. Er frage sich, wie man es in der Stadt überhaupt aushalten könnte! Täglich »torkele« er »höchstens ein halbes Stündchen barfuß herum«, und ansonsten: »Ich liege am Gestade wie ein Krokodil, lasse mich von der Sonne braten, sehe nie eine Zeitung und pfeife auf die sogenannte Welt.«

Immerhin war das Krokodil während dieser Ferien in Kants »Prolegomena« vertieft.

Ein singendes Krokodil

Auf eine sehr vertrackte Weise sollte noch einmal ein Krokodil mit Einstein in engere Berührung kommen, genauer gesagt mit Einsteins Nachleben. Der Komponist Paul Dessau und sein Librettist Karl Mickel brachten 1974 die Oper »Einstein« in der Berliner Staatsoper zur Uraufführung.

Die hochdramatischen drei Akte der Oper sind durch heitere Zwischenspiele in der Art volkstümlicher Hanswurstiaden getrennt. Sie erzählen, wie Hans Wurst zum Tode im Krokodilsteich verurteilt wird. Im ersten Zwischenspiel kann Hans Wurst entkommen, weil er das Krokodil mit einem Witz ablenkt, das zweite Mal amüsiert sich das Krokodil noch besser über Hans Wursts Witz, frißt ihn aber doch. Das dritte Intermezzo läßt den Kasper wieder auferstehen. Er spaziert auf eines riesigen Rasiermessers Schneide und singt »Ich lebe gern.«

Womöglich paßt diese Gestalt summa summarum sogar besser zum wirklichen Einstein als die Opernfigur gleichen Namens. Der Opern-Einstein verkörpert die ernsten und tragischen Aspekte im Leben des Forschers.

Am Ende singt er: »Ich, mein wandelndes Denkmal. Mein Hirn mahlt Formeln wie die Mühle Mehl.« Ein Junge entgegnet: »Ich verstehe kein Wort.« Darauf Einstein: »Das ist sehr gut.«

Der Berliner Einstein-Töter

Nach dem großen Popularitätsaufschwung des Jahres 1919 sollten alsbald Angriffe von verschiedenen Seiten des Wissenschaftlers Leben zu vergällen beginnen. Die erste Welle liest sich noch wie ein Exposé zu einem Film.

Wortführer der ersten Anti-Einstein-Kampagne war ein gewisser Paul Weyland, dessen Lebensweg man eine tragische Groteske im gehobenen Gaunermilieu nennen könnte. Frühen Ruhm erwarb er 1920 in Berlin, wo er sich den Ehrennamen »Berliner Einstein-Töter« verdiente. Er gründete einen Verein, dessen Name heute verdächtiger klingt als seinerzeit, wo ihn Einstein nur hochtrabend und anspruchsvoll fand: »Arbeitsgemeinschaft deutscher Naturforscher zur Erhaltung reiner Wissenschaften e.V.«. Unter dem Deckmantel dieses Vereins schrieb Weyland Zeitungsartikel und hielt Vorträge in der Philharmonie. Es kamen darin so kräftige Worte vor wie »wissenschaftlicher Dadaismus« und »Massensuggestion«.

Mit von der Partie war ein Physiker namens Ernst Gehrke, eingefleischter »Antirelativist«. Als Gehrke indes merkte, daß Weyland nichts, aber auch gar nicht Wissenschaftliches im Sinn hatte, sondern puren Antisemitismus, schimpfte er ihn einen Schwindler.

Damit hatte er mehr als Recht, denn das nächste Jahrzehnt verbrachte Weyland ausschließlich mit diesem vom Gesetz so wenig geliebten Beruf. Als ihm der Boden in Berlin endgültig zu heiß wurde, tobte in Spanien gerade der Bürgerkrieg, und Weyland floh in dessen Unübersichtlichkeiten. Deutschland bürgerte ihn aus, dennoch kehrte er nach dem Krieg zurück. Er wurde festgenommen und überlebte die Jahre 1939 bis 1945 als Krimineller im Konzentrationslager. Nach dem Krieg jobbte er für die Amerikaner und wanderte 1948 in die USA aus. Dort glaubte er sich an seinem alten Feind Einstein endlich schadlos halten zu können und denunzierte ihn in der McCarthy-Zeit als Kommunisten.

1967 hatte Weyland keinen grünen Dollar mehr und ging zurück nach Deutschland. Dort lebte er dank eines Härteausgleichsgesetzes noch fünf beschauliche Jahre als Rentner im schönen Bad Pyrmont.

Bestien vor der Tonne

Einstein hatte in der Zeitung auf Weylands Anwürfe geantwortet; viel zu aufgebracht, wie seine Brieffreundin Hedi Born meinte. Sie machte ihm Vorwürfe wegen des unklugen Artikels und schrieb dann: »Inzwischen aber sind Sie hoffentlich wieder der alte Diogenes und lächeln ob der Bestien, die in ihre Tonne geifern!«

Einstein antwortete mit der Bitte, man möge doch nicht gar zu streng mit ihm sein, aber jeder müsse »am Altar der Dummheit von Zeit zu Zeit sein Opfer darbringen, der Gottheit und den Menschen zur Lust«.

Einstein als Finanztycoon

In den frühen 20er Jahren konnte ein Weyland noch nicht verfangen. Einen derart üblen Widersacher des deutschen »Kulturfaktors ersten Ranges« bekämpfte sogar die Regierung.

Derweil ging das Einstein-Fieber um die Welt. Alle wollten die Berühmtheit wenigstens ein paar Wochen bei sich haben. Einstein war es recht, denn Mileva forderte viel Geld für die teure Ausbildung seiner Söhne. Die Universität Leiden bezahlte den Gastprofessor schon sehr großzügig, aber eine Einladung in die USA drohte fast am Geld zu scheitern. Einsteins Forderungen waren zu hoch. Er wollte für sechs Wochen das Doppelte des Jahresgehalts eines Universitätsprofessors haben.

Preisochsen in Amerika

Irgendwann im Laufe des Jahres 1920 einigten sich die Universitäten Princeton und Wisconsin mit Einstein, und er bestieg nebst Gattin im Frühjahr 1921 einen Amerika-Dampfer. Sie landeten in New York und trauten ihren Augen nicht. Ein Empfangskomitee mit dem New Yorker Bürgermeister an der Spitze und eine dicke Traube von Reportern waren nur der Anfang des Triumphmarathons. Am Anlegekai des Schiffes standen junge Leute aufgereiht, die begeistert Ein-stein, Ein-stein skandierten. Es folgten jubelnde Zuschauer vor dem New Yorker Rathaus und die Verleihung der Ehrenbürgerschaft der Stadt.

Angesichts der Journalisten-Eskorte fühlte sich der weltberühmte Wissenschaftler wie der mythologische König Midas, nur daß sich nicht alles, was er anfaßte in Gold verwandelte, sondern alles, was er sagte, in Schlagzeilen.

Manchmal fielen seine Analogie-Gefühle auch weniger klassisch gebildet aus. Er komme sich vor, »wie ein prämierter Ochse«, der »überall herumgereicht wird«, soll er gestöhnt haben.

Orchideenessen in Amerika

Bei einem der vielen Diners, zu denen Einstein geladen war, bemerkte er mit leichtem Erstaunen, daß seine Frau eine blühende Orchidee sorgsam auf ihrem Teller mit Messer und Gabel zerkleinerte und sich anschickte, diesen Orchideensalat zu verzehren. Von Gesprächen abgelenkt, gab er nicht allzuviel auf diese Merkwürdigkeit. Irgendwann stellte er aber doch fest, daß der Salat der übrigen Tischgäste nicht von Orchideen gekrönt war, dafür aber die Tafel. Elsa Einstein hatte in ihrer extremen Kurzsichtigkeit den Tischschmuck für die Beilage gehalten.

Sie litt sehr unter solchen Unglücken, unter blauen Flecke von Möbelstücken, gegen die sie lief, unter Gegenständen, die sich unsichtbar machten, unter dem Mißvergnügen von Bekannten, die sie nicht grüßte, weil sie kaum einen Menschen erkannte. Aber eines kam für sie und alle anderen kurzsichtigen Damen ihrer Eitelkeits- und Gesellschaftsklasse auf gar keinen Fall in Frage: eine Brille zu tragen.

Allerdings dachten die Vorgänger der Gucci, Armani und Joop auch nicht im Traum daran, so etwas wie tragbare Brillengestelle zu kreieren.

Das Damenprogramm und die Rätsel des Universums

Keine höheren männlichen Aktivitäten ohne Damenprogramm. Auch für Elsa Einstein war ein solches vorbereitet, während ihr Mann herumgereicht wurde.

Die Besichtigung eines Forschungszentrums stand auf dem Programm – Frust für alle Beteiligten. Die kurzsichtige Elsa mußte sich irgendwelche Apparaturen anschauen, deren tieferer Sinn ihr verschlossen blieb. Die verschiedenen Laborchefs des Forschungszentrums hätten ihre Zeit nützlicher oder angenehmer verbringen können als damit, einer mittelalterlichen Dame Dinge zu erklären, für die sie sich nicht wirklich interessierte. Außerdem verstand sie nicht einmal richtig Englisch, für jeden wahren Amerikaner Grund genug, mit seinem Gegenüber eine Spur herablassend umzugehen.

Der Rundgang zog sich hin, Frau Einstein taten die Füße weh.

Endlich kam der krönende Abschluß, das Hochsicherheitslabor. Höflich und pflichtbewußt fragte Elsa nach dem Verwendungszweck der chromglänzenden Apparate und bekam ganz lässig zur Antwort, daß man damit die größten Geheimnisse des Universums lösen würde.

Ach du liebe Güte, dachte Frau Einstein, jetzt reicht es, und schnaubte: »Ist das alles? Mein Mann macht das auf alten Briefumschlägen.«

In den schlechten Zeiten nach dem 1. Weltkrieg hatte sie ihm jeden Papierfetzen für seine Berechnungen aufgehoben.

Sprüche klopfen in Amerika

Einsteins Hauptgeschäft in Amerika war es, Vorträge zu halten. Dies tat er auch an der Universität Princeton, wo man ihm anschließend die Ehrendoktorwürde verlieh.

Kaum war die Zeremonie vorbei, tauchte plötzlich ein Gerücht auf. Ein Physiker hätte die Relativitätstheorie experimentell widerlegt. Der einzige, der weder verschreckt noch bestürzt war, war Einstein selbst. Er war felsenfest von sich überzeugt, und nicht nur von sich. Er wußte sich von höherer Seite unterstützt. »Raffiniert ist der Herrgott, aber boshaft ist er nicht«, sagte Einstein und schuf damit sein bekanntestes Bonmot.

Auf dem Kaminsims des Fakultätszimmers 202 der damaligen Fine Hall in Princeton ist es zu lesen – in Stein gemeißelt.

Heute gibt es dort ein neues Mathematikgebäude mit Namen Fine Hall. Das damalige heißt inzwischen Jones Hall und beherbergt das Ostasieninstitut der Princeton University.

Höhere Bosheit

Der Spruch fand später seine Fortsetzung. »Ich habe nochmal darüber nachgedacht. Vielleicht ist Gott doch boshaft.« Einstein grübelte zu diesem Zeitpunkt über neuen Problemen, von denen er dachte, sie verstanden zu haben, und einsehen mußte, daß dies ganz und gar nicht der Fall war.

Eine haarige Angelegenheit und andere Narreteien

Über dem Einstein-Fieber lag auch in Amerika ein Hauch des Mystischen. Am stärksten wirkte sein Charisma auf Frauen und vor allem auf solche, die über seinen Büchern mit an Sicherheit grenzender Wahrscheinlichkeit nach drei Zeilen eingeschlafen wären.

Persönlich erklärt aber mußte die Relativitätstheorie erotischen Reiz haben. Die Frauen wollte die Stimme des Gurus hören und vor allem seinen Blick auf sich spüren.

In England fiel die Tochter seines Gastgebers Lord Haldane vor ihm in Ohnmacht, und die kecken Damen eines Genfer Mädchenpensionats versuchten gar, ihm eine Strähne seiner Lockenpracht abzuschneiden. Einsteins Kommentar zu der ganzen Aufregung: »Alles will Artikel, Vortrag, Photographie etc. ... Narretei.«

Diese Begebenheiten trugen sich lange vor der Erfindung des Zunge herausstreckenden Einstein als »Pop-Ikone« zu. Ein Professor in leicht zweifelhafter Garderobe, mit wildwuchernder Haarpracht, einem freundlichen Blick und mit spöttischem Humor begabt war es – ohne daß es einen Begriff dafür gab.

Das Taschengeld und weitere Streitpunkte

Narretei.« Einstein mochte den Rummel der Leute um seine Person noch so polternd kommentieren, Frau Elsas feines Ohr betrog er nicht. Für die Verehrung so vieler physikbeflissener Damen hatte ihr Mann durchaus ein offenes Herz. Stütze Herta plaudert in dieser Hinsicht recht munter aus dem Nähkästchen.

Das ganz lupenreine Idyll kann die Ehe zwischen Einstein und Elsa wohl doch nicht immer gewesen sein. Man stritt sich gelegentlich durchaus. Kleinere Scharmützel gab es um das Taschengeld des in dieser Sache recht kurzgehaltenen und deshalb ewig klammen Professors, größeres Gezänk »fast immer um Frauen. Herr Professor hat gern einmal nach schönen Frauen geguckt. Für schöne Frauen hatte er eine Schwäche. Aber auf der anderen Seite haben sich schöne Frauen auch gern mit Herrn Professor in der Öffentlichkeit gezeigt.«

Und was den Berlinerinnen recht war, war nicht nur den Amerikanerinnen billig.

Ernüchterung in Deutschland

Nach seiner Amerika-Reise besuchte Einstein auch England und Frankreich, vor kurzem noch Deutschlands Kriegsgegner. In beiden Ländern waren anfängliche Vorbehalte bald ausgeräumt. In England zeichneten ihn die Royal Society und die Royal Astronomical Society aus; in Frankreich fühlte er sich dadurch ausgezeichnet, am berühmten Collège de France vortragen zu dürfen.

Die deutsche Wirklichkeit war anders. Am 22. Juni 1922 wurde Walther Rathenau erschossen. Es war klar, einer so exponierten Persönlichkeit wie Einstein drohte ebenfalls Gefahr. Er vermied öffentliche Auftritte und verkrümelte sich in eine Kleingartensiedlung nach Spandau.

Selbst einen großen wissenschaftlichen Festvortrag zur einhundertsten Jahresversammlung der deutschen Ärzte und Naturforscher sagte er ab. Der Organisator Max Planck, sonst von einer Wesensart, daß man ihn im Hause Einstein den »Nobelpreis an sich« nannte, schäumte vor Wut über eine »Mörderbande«, die einer »rein wissenschaftlichen Gesellschaft ihr Programm diktiert«.

Einstein oder Lenin

Selbst der spätere Oberste der Mörderbande maßte sich in dieser Zeit an, das Wort Wissenschaft auf Zeitungspapier zu schreiben; den Kontext zu erläutern, ist so unangenehm wie überflüssig.

Einstein hatte jedoch die guten Geister auf seiner Seite, und sie nahmen die Gestalt eines großen japanischen Verlages an. Der suchte wichtige Personen der Zeitgeschichte. Aus Europa standen Lenin und Einstein zur Auswahl. Lenin war unabkömmlich, Einstein und Gattin hingegen bestiegen den Ozeandampfer »Kitano Maru« nach Fernost. Zuallererst übten sie, von winzigen Hockerchen aus mit Stäbchen bewaffnet in kleine Näpfchen zu langen, um sich auf diese Weise zu ernähren. Vielleicht frönten sie solcher authentischer Tischsitten auch nur für das von der Reise überlieferte Foto. Es sieht jedenfalls so aus, als hätte sich die Gesellschaft gut amüsiert.

Einsteins Erfolge in Japan ähnelten denen heutiger europäischer Sinfonieorchester: gerammelt volle Vortragssäle bei gepfefferten Eintrittspreisen. Und Einstein mußte auch noch übersetzt werden.

Unendlich nobel

Auf dem Schiff »Kitano Maru« erhielt Einstein die Nachricht, daß ihm der Nobelpreis verliehen werde. Ob Frau Elsa ein festliches Abendessen organisierte, ist nicht überliefert, denn Einsteins Freude hielt sich in Grenzen. Das Geld war Mileva und den Söhnen versprochen, außerdem hatte der Preis doch recht lange auf sich warten lassen.

Akribisches Aktenstudium des Einstein-Biografen Abraham Pais hat zutage gefördert, woran es lag – ein Lehrbeispiel für das, was man auch Schicksal nennt.

Einstein war von vielen Wissenschaftlern immer

wieder vorgeschlagen worden, zuerst für die Spezielle, dann für die Allgemeine Relativitätstheorie. Allein, dem hohen Nobelpreiskomitee fehlte die experimentelle Bestätigung der Theorie. Alle Welt hielt zwar die Messungen zur Sonnenfinsternis 1919 für diese Bestätigung, jedoch nicht so die Schweden. Zwei Jahre später verspürte das Nobelpreiskomitee dann doch dringenden Handlungsbedarf, denn die gesamte Weltelite der Physik drängelte inzwischen bedenklich. Ein Augenarzt von der Universitätsklinik Uppsala wurde als Gutachter über die Relativitätstheorie bestellt. Der Optik-Spezialist mühte sich redlich, verstand wenig und schrieb ein negatives Gutachten. Die europäische Physikergilde raufte sich die Haare und griff zum letzten Mittel: Sie drohte mit ewiger Lächerlichkeit. »Man muß sich einmal überlegen, was die Menschen in 50 Jahren denken werden, wenn Einsteins Name nicht unter den Nobelpreisträgern auftaucht«, schrieb Léon Brillouin, Physiker aus Frankreich.

Das wirkte – zwar nicht auf Herrn Doktor Gullstrand in Uppsala, der blieb bei seiner Ablehnung, aber auf das Komitee. Die Herren erinnerten sich plötzlich an die just erschienene brillante Analyse eines theoretischer Physikers aus Uppsala über die photoelektrische Arbeit aus Einsteins jugendlichem Wunderjahr 1905.

So bekam Einstein dafür den Preis, und die 1909 begonnene unendliche Geschichte um Einsteins Nobelpreis fand ein glückliches Ende, bei dem alle Beteiligten ihr Gesicht wahren konnten.

Und es relativiert sich doch

Die letzte Spielkarte zum Thema Nobelpreis zog natürlich der Preisträger selbst aus dem Ärmel. In den besagten mittelmäßigen Smoking gekleidet referierte er vor der Skandinavischen Wissenschaftlichen Gesellschaft in Göteborg nicht über das Licht und seine Wellen und Teilchen, sondern zum Thema: »Grundgedanken und Probleme der Relativitätstheorie.« Die Fama sagt, anschließend hätte er sich noch ganz angeregt mit König Gustav V. von Schweden unterhalten.

Fröhliche Verbannung

Während Einstein seinen nobelpreisgekrönten wissenschaftlichen Ruhm in vollen Zügen genoß oder sich von ihm zurückzog, je nach Stimmungslage, braute sich politisches Unheil zusammen. Hitlers Münchener Bierkellerputsch war danebengegangen, und seine Berliner Anhänger wußten nichts besseres, als sich aus Rache an Juden und jüdischen Häusern und Geschäften zu vergreifen. Einsteins Familie floh im Herbst 1923 nach Leiden, kehrte aber vor Weihnachten zurück. Seine holländische Verbannung nannte er »immerhin recht fröhlich«.

Wunschberuf Croupier

Eines der beiden großen Arbeitsgebiete, denen sich Einstein nach der Fertigstellung der Allgemeinen Relativitätstheorie widmete, war die Quantentheorie, ein Gebiet, dem sich jüngere Wissenschaftler wie Bohr, Born und Heisenberg leidenschaftlich hingaben. Einstein verfolgte alle ihre Arbeiten mit Sympathie und kritischem Zuspruch.

Das Hauptergebnis ihrer Forschungen war, daß die Bewegungen der Elementarteilchen zufällig sind, aber dies widersprach Einsteins tiefster philosophischer Überzeugung. Er beharrte auf dem Prinzip von Ursache und genau bestimmbarer Wirkung in der Natur.

Einstein hielt die Experimente, bei denen die Zufälligkeit der Quantenbewegungen gefunden worden war, nicht für ausreichend und schrieb im April 1924 an Max Born, daß er keinesfalls auf die strenge Kausalität verzichten wolle, »bevor man sich nicht noch ganz anders dagegen gewehrt hat als bisher. Der Gedanke, daß ein ... Elektron aus freiem Entschluß den Augenblick und die Richtung wählt, in der es fortspringen will, ist mir unerträglich. Wenn schon, dann möchte ich lieber Schuster oder gar Angestellter einer Spielbank sein als Physiker.«

Der Alte würfelt nicht

Einstein haderte sein ganzes weiteres Leben mit den Quanten. 1926 schrieb er an Born: »Die Quantenmechanik ist sehr achtung-gebietend. Aber eine innere Stimme sagt mir, daß das doch nicht der wahre Jacob ist. Die Theorie liefert viel, aber dem Geheimnis des Alten bringt sie uns kaum näher. Jedenfalls bin ich überzeugt, das der nicht würfelt.«

Max Born war zutiefst betrübt über den grundsätzlichen wissenschaftlichen Dissenz mit Einstein, ihre lebenslange Freundschaft ging darüber jedoch nicht in die Brüche.

Einstein grübelte in Sachen Quanten hin und her: »Je mehr man den Quanten nachjagt, desto besser verbergen sie sich.«

Das Quanten-Hexen-Ei

Es sollte noch schlimmer kommen mit den unbotmäßigen Quanten. »Heisenberg hat ein großes Quantenei gelegt«, schrieb Einstein im September 1925 an seinen Freund Ehrenfest, »in Göttingen glauben sie daran (ich nicht)«. Was der noch sehr junge Werner Heisenberg ausgebrütet hatte, versetzte die Physiker mächtig in Aufregung. Einstein verglich die werte Kollegenschaft mit einem aufgescheuchten Hühnerhof. Heisenberg meinte, daß das Elektron, das Lichtquant, keine objektiv feststellbare Bahn habe. Man könnte höchstens die Wahrscheinlichkeit errechnen, mit der sich ein Elektron gerade an einem bestimmten Punkt befände. Ein Quant hätte immer nur jene Eigenschaft, die man gerade messe. Je genauer man zum Beispiel den Ort eines Elektrons messe, desto unschärfer wäre eine andere Eigenschaft, zum Beispiel der Impuls – und umgekehrt. Diese Erscheinung nannte er Unschärferelation.

Einstein wiederum nannte Heisenbergs Theorie eine »wahre Hexenrechnerei«.

Nur kein Neid

Heisenbergs schwer büffelnde Studenten witzelten später neidisch, Einstein hätte die Quantentheorie zwar mühelos verstanden, aber leider nicht gemocht. Immerhin hatte er sie begründet und dafür den Nobelpreis erhalten.

Mondfinsternis

Als Quintessenz seiner Theorie schrieb Heisenberg, daß die Bahn eines Teilchens überhaupt erst dadurch entstehen würde, daß wir es beobachten.

Dieser Gedanke hat Einstein ein Leben lang geplagt. Noch als alter Mann hat er seinen Begleiter Abraham Pais auf dem abendlichen Heimweg vom Institute for Advanced Study – Einstein hatte dort bis zu seinem Tode ein eigenes Arbeitszimmer – nachdenklich gefragt: »Glauben Sie wirklich, der Mond ist nicht da, außer wenn jemand hinschaut?«

Schrödingers Katze

Der Wiener Physiker Erwin Schrödinger verdeutlichte die Unschärferelation an einem Beispiel, das vom Standpunkt des Tierschutzes auf das strengste zu verurteilen ist.

Er dachte sich eine Kiste aus, worin eine Katze und eine kleine Höllenmaschine untergebracht sind.

In dem Maschinchen befinden sich Atome, die bei ihrem Zerfall Giftgas freisetzen, das die Katze tötet. Die Wahrscheinlichkeit, daß in einer Stunde ein Atomkern zerfällt und den Mechanismus auslöst, beträgt 50 Prozent. Für den Beobachter, der diese eine Stunde lang vor der Kiste sitzt und den Ausgang des Experiments abwartet, ist die Katze während dieser Stunde dem Wahrscheinlichkeitsprinzip entsprechend gleichzeitig tot und lebendig beziehungsweise eine tote und eine lebende Katze sind in der Kiste zu gleichen Teilen miteinander vermischt. Erst die Messung, also das Öffnen der Kiste, gibt der Katze einen definierten Zustand.

Dieses Beispiel ist dermaßen absurd, daß der berühmte Astrophysiker Stephen Hawking bei dessen Erwähnung bereits den Aufschrei ausstieß: »Wenn ich von Schrödingers Katze höre, greife ich zur Waffe!«

Für Katzenfreunde folgt jetzt die Entwarnung: Es handelt sich bei »Schrödingers Katze« natürlich um ein Gedankenexperiment.

Man kann das liebe Tier sogar als Bildschirmschoner haben.

Drei Sterne im Baedeker

Mit der Ablehnung der modernen Quantentheorie verlor Albert Einstein, sehr zum Bedauern der Kollegen, den Spitzenplatz in der internationalen physikalischen Avantgarde.

An seiner weltweiten Berühmtheit änderte dies nichts. Er wurde im Berlin der 20er Jahre, was Goethe zu seiner Zeit in Weimar war, eine Sehenswürdigkeit. In seinem Hause verkehrten Persönlichkeiten wie Gerhart Hauptmann oder der Dirigent Erich Kleiber, auch Walther Rathenau. Natürlich kamen die persönlichen Freunde und die Physiker-Kollegen. Es wurde diskutiert, musiziert und parliert. Einsteins spöttischer, mitunter leicht zynischer Humor zählte zu den Attraktionen solcher Geselligkeiten. Unzählige Bonmots in dieser speziellen Tonlage werden ihm zugeschrieben.

»Zwei Dinge sind unendlich: Das Universum und die menschliche Dummheit. Aber beim Universum bin ich mir noch nicht ganz sicher.«

»Das Weltall wird der Menschheit keine Träne nachweinen.«

»Um ein tadelloses Mitglied einer Schafherde sein zu können, muß man vor allem ein Schaf sein.«

Als sich seine spätere Sekretärin Helene Dukas bei ihm zum Vorstellungsgespräch meldete, rief er sie, bettlägerig, mit den Worten zu sich heran: »Hier liegt die alte Kindsleich.«

Ein weiterer Spruch, der sich bis heute ungebrochener Beliebtheit erfreut, soll ebenfalls von Einstein stammen: »Ordnung braucht nur der Dumme, das Genie beherrscht das Chaos.«

Schakal in der Küche

Möglicherweise um sich von den großen Theorien zu erholen, tüftelte Einstein auch ganz gern an technischen Neuerungen herum. Da er ja wußte, wie es geht, hat er ganz nebenbei in seinem Leben etwa 50 Patente angemeldet. Dazu gehören zum Beispiel ein Hörgerät, ein Kugelkompaß, der im deutschen Schiffsbau verwendet wurde und – ein Kühlschrank.

Den hatte er gemeinsam mit Leo Szilard, einem Freund seit den 20er Jahren, entwickelt. Das erste Patent kaufte eine schwedische Firma, um die Herstellung zu verhindern. Ein zweites Modell von 1932 brachte es bis zum Prototyp bei der AEG. Leider ging auch dieses Modell nicht in Serie, da man von vornherein Probleme beim Absatz des Gerätes sah. Die Ursache: Es heulte wie ein Schakal.

Das Max-Planck-Institut für Wissenschaftsgeschichte in Oldenburg will den Kühlschrank zum Einstein-Jahr 2005 trotzdem bauen. Aus Betonplatten gefertigt, soll das Unikat/Unikum die Attraktion einer Ausstellung werden.

Ein großzügiges Geburtstagsgeschenk oder Hans im Glück

Zu Einsteins 50. Geburtstag am 14. März 1929 floh der Meister an einen unbekannten Ort. Die Familie mußte sich um die Unzahl der Gratulanten, Postsendungen, Anrufe und Geschenke aus aller Welt kümmern. Alle hatten etwas für ihn, nur die Stadt Berlin hatte nichts. Peinlich, peinlich.

Um die Scharte wieder auszuwetzen, kam man nachträglich auf eine ganz besondere Geschenkidee: ein eigenes Sommerhaus.

Aber Berlin war schon immer Berlin, ob man nun 2004 einen Theaterintendanten suchte oder 1929 ein Landhäuschen.

Zum Geburtstag selbst war gar kein Geschenk parat. Dann erst hatte jemand die großzügige Idee mit dem Sommersitz. Das auserkorene Häuschen aber war überraschenderweise bewohnt, und Einstein wollte niemanden vertreiben.

Es gab noch einige Projekte dieser Art, bis sich beide Seiten entnervt einigten, daß man Einstein ein Grundstück schenken wolle, auf dem er nach seinen Wünschen bauen könnte. Auch dieses Vorhaben erwies sich als unausführbar, und irgendwann hieß es dann, Berlin wolle ihm ein Grundstück bezahlen, das er sich selbst suchen sollte und auf dem er auf eigene Kosten bauen könnte.

Frau Einstein klapperte das Berliner Umland ab und fand das Richtige. Indes hatte sich das Berliner Stadtparlament tief in politische Streitereien ob des Geschenks verwickelt. Einstein verzichtete endgültig und zahlte alles selbst.

So kam es, daß der weltberühmte Hans im Glück im November 1929 an seine Schwester Maja schrieb: »Das Häuschen in Caputh ist zwar eine Pleite, aber eine sehr schöne ...«

Einstein setzt sich durch

Der berühmte Physiker Albert Einstein will sich ein Sommerhaus bauen. Diese Kunde hatte sich dank ihrer skandalösen, von der Presse weidlich ausgeschlachteten Vorgeschichte bis ins ferne niederschlesische Niesky herumgesprochen. Der junge Architekt Konrad Wachsmann kündigte daraufhin bei seiner Holzbaufirma und wurde in der Berliner Haberlandstraße vorstellig. Er wollte Einsteins Haus bauen.

Es sollte ein Holzhaus werden, das war für die beiden Männer, die einander sofort mochten, gar keine Frage. Aber man hatte die Rechnung ohne die Wirtin gemacht. Die hielt gar nichts von Fachwerk, Platten- und Tafelbauweise, sondern wollte etwas Solides, ordentlich Stein auf Stein gemauert. Wahrscheinlich ist Einstein in der Sommerhausfrage das einzige Mal in seinem Leben autoritär geworden: In der Caputher Waldstraße 7 steht seit September 1929 ein Haus aus dunkler Oregonpinie, geziert von großen französischen Fenstern mit weißen Läden.

Konrad Wachsmann wurde später ein berühmter Architekt. 1941 emigrierte er mit Einsteins Hilfe in die USA, wo er 1980 starb.

Einmal lang und laut

Das Caputher Haus war zwar nicht übermäßig komfortabel eingerichtet, aber es gab dort alles, was eine Familie nebst Haushälterin vom Frühjahr bis zum Spätherbst braucht. Nur eine Segnung der Zivilisation fehlte absichtlich, das Telefon.

Aber es war eine Illusion, daß sich ein Mitglied der Preußischen Akademie der Wissenschaften, der Vorsitzende der Deutschen Physikalischen Gesellschaft und Direktor des Kaiser-Wilhelm-Instituts für Physik einfach an den Ufern der Havelseen unsichtbar machen könnte.

Anrufe kamen. Sie landeten bei Einsteins Nachbarn, einem Töpfermeister. Der mußte durch lautes Rufen irgendeinen aus der Einstein-Familie aufmerksam machen und ans Telefon bitten – bei Regenwetter oder Wind ein für alle Beteiligten zweifelhaftes Vergnügen.

Auch hier wußte Frau Elsa Rat. Ihre Idee setzte allerdings eine gewisse Musikalität des Töpfermeisters Wolff voraus. Sie schenkte ihm eine Trompete, und für jedes Einsteinsche Familienmitglied wurde ein eigenes Signal geblasen. Der Hausherr hörte auf »einmal lang und laut«.

Schwimmende Nobelpreisträger

Caputh bei Potsdam, neuerdings kreisreformierter Ortsteil der Gemeinde Schwielowsee, dürfte dasjenige Gemeinwesen auf der Welt sein, welches die meisten Nobelpreisträger pro Einwohner innerhalb seiner Ortsgrenzen begrüßt hat. Es waren Max Born, Fritz Haber, Otto Hahn, Gerhart Hauptmann, Max von Laue, Walther Nernst, Max Planck, Erwin Schrödinger und Rabindranath Tagore.

Minder dekorierte Besucher kamen natürlich auch.

Aus der Kunst- und Kulturszene zählten Persönlichkeiten wie Alfred Kerr, Käthe Kollwitz, Max Liebermann, Heinrich Mann oder Anna Seghers zu Einsteins Gästen. Natürlich ließen sich auch viele Freunde und Verwandte sehen, selbst die Familie der Haushälterin Herta kam gelegentlich nach Caputh.

Viele von Einsteins nob(e)len Gästen haben wenigstens ihre Fingerspitzen in das Wasser des Schwielowsees gehalten. Von dem leidenschaftlichen Segler Einstein zu einem Havelseen-Törn auf sein »dickes Schiff«, den »Tümmler« eingeladen zu werden, war eine Ehre und ein Vergnügen. Segelgäste berichteten, bei Einstein im Boot hätte man sich sicher und geborgen gefühlt. Der von Kindheit an unsportliche Einstein – weder er noch irgendein anderes Mitglied der Familie Einstein war je im See baden – schätzte am Segeln besonders, daß es der Sport wäre, »der die geringste Energie beansprucht«.

Im Notenmeer gestrandet

Auf dem Schwielowsee konnte allenfalls ein plötzlich aufziehendes Gewitter für den Segler gefährlich werden; Fährnisse wie sein späteres amerikanisches Segelrevier bot der See nicht. In Amerika segelte Einstein mit dem Boot »Tinnef« auf dem Lake Carnegie.

Die Königin Elisabeth von Belgien, mit der Einstein seit 1929 befreundet war, bekam von ihm immer mal wieder launige Briefe. Einmal berichtete er ihr über den Zusammenhang zwischen Beethoven und seinen Navigationskünsten.

Dem technischen Fortschritt gemäß besaß er »wie ein ganz ernsthafter Seefahrer« einen Kompaß, der im Dunkeln leuchtete. »Es ist aber nicht so weit her mit meiner Kunst, und ich bin schon zufrieden, wenn ich jeweils von der Sandbank wieder los komme, auf der ich steckengeblieben bin (so ähnlich wie beim Beethoven-Quartett).«

Capuths Schönheiten

Alles spricht dafür, daß Einsteins dreieinhalb lange Sommer in Caputh zu den glücklichsten Zeiten seines Lebens gehörten, nicht zuletzt einiger Besucherinnen wegen. Eine wohlhabende Witwe namens Toni Mendel, Inhaberin einer luxuriösen Wannseevilla, wurde nach Caputh eingeladen, auch die Österreicherin Estella Katzenellenbogen, der mehrere große Blumenläden gehörten. Die Begrüßung dieser Damen durch den Hausherren und die Hausherrin mag in puncto Herzlichkeit sehr unterschiedlich ausgefallen sein.

Frau Elsa war keinesfalls grundlos eifersüchtig; Einstein liebte die Frauen, und, wie sein Arzt und Freund Plesch berichtete, je gewöhnlicher und verschwitzter sie waren, desto besser gefielen sie ihm. Wie die mehr als wohlhabenden Damen Mendel und Katzenellenbogen in dieses Bild paßten, sei dahingestellt, trotzdem: Wenn die schöne, blonde und lachlustige Wienerin auftauchte, fuhr Elsa Einstein zum Einkauf nach Berlin. Vor der jüngeren Konkurrentin räumte sie das Feld.

Es gab Tränen und Debatten und den Ratschlag ihrer Töchter: Trenne dich von Albert, oder finde dich mit der Lage der Dinge ab. Elsa fand sich ab.

Der öffentliche Ehemann

Was bringt ein seine Seitensprünge genießender Mann so vor, wenn ihn die betrogene Ehefrau unglücklich und wütend zur Rede stellt?

Daß die Ehe der erfolglose Versuch wäre, »einen Zufall zu etwas Dauerhaftem zu machen«, daß sie »Sklaverei in einem kulturellen Gewand« sei oder daß er keinerlei Verständnis dafür habe, »daß sich zwei Menschen auf Grund eines Papiers als gegenseitiges Eigentum betrachten und entsprechend handeln dürfen«. Recht hat er, aber er machte es sich trotzdem ziemlich leicht. Ein soziales Genie war Einstein nicht.

Elsa dagegen wußte sehr gut, was sie für ihn tat: »Es ist nicht ideal, die Frau eines Genies zu sein. Das Leben gehört einem nicht selbst. Es scheint allen zu gehören. Ich widme fast jede Minute des Tages meinem Mann, und das heißt, der Öffentlichkeit.«

Möbelpolitur

Nach Einsteins Meinung blieb ihr trotzdem mehr als genug Zeit, wenigstens zu Hause. Er fand, daß Frauen, befinden sie sich in den eigenen vier Wänden, völlig auf ihre Möbel fixiert sind. »Sie laufen den ganzen Tag um sie herum und arbeiten etwas an ihnen.«

Diese Tatsache wird Einstein erfreut haben, denn sie sicherte ihm seine Ruhe. Das Zitat geht jedoch weiter: »Wenn ich mich aber mit meiner Frau auf einer Reise befinde, so bin ich ihr einziges Möbel, das sie mitgenommen und zu ihrer Verfügung hat, und sie kann sich nicht enthalten, den ganzen Tag um mich zu kreisen und an mir etwas zu verbessern.«

Genießbar verberlinert

Gewisse Verbesserungen werden so sinnlos nicht gewesen sein. Schon 1913 teilte Einstein seiner Elsa brieflich, genauer gesagt liebesbrieflich mit, daß er nicht mehr er selber sei, wenn er anfinge, sich körperlich zu pflegen. – Schlichtes Waschen war damit, wohlgemerkt, nicht gemeint, das Wannenbad gehörte zumindest in Berlin und Caputh zum täglichen Ritual. – Körperpflege sei für ihn der Anfang »einer (Gottseibeimir) Verberlinerung«. Wenn er ihr unappetitlich sei, solle sie sich »einen für weibliche Geschmäcker genießbareren Freund« suchen.

Offenbar war Einstein durchaus genießbar.

Musikmißbrauch

Während Einstein in Caputh die Landschaft, die Ruhe, zwanglose Gespräche mit Besuchern und Besucherinnen, einen harmlosen Schnack mit den bezüglich seiner Berühmtheit ahnungslosen Dorfbewohnern, Segeltouren und ausgedehnte Spaziergänge genoß, Akademiesitzungen schwänzte oder sie sockenlos besuchte, in seiner Studierstube mit Helene Dukas oder seinem »Rechner« Dr. Walther Mayer arbeitete, braute sich in Deutschland das Übel zusammen.

Einstein sah sich genötigt, seine Berühmtheit und Popularität für die Erhaltung der Demokratie in die Waagschale zu werfen. 1932 rief er, verbündet mit Heinrich Mann und Käthe Kollwitz, zu einer antifaschistischen Aktionseinheit auf. Als Pazifist von Jugend an versuchte er sogar, Wehrpflichtige zu überzeugen, den Kriegsdienst zu verweigern.

Seine ganze Verachtung des Militärischen äußerte er in den frühen 30er Jahren, vorsichtshalber auf Englisch. Sein Text »Wie ich die Welt sehe« erschien nur in den USA. Darin schlägt er wieder einmal seine sarkastische Lieblingstonart an: »Wenn einer mit Vergnügen zu einer Musik in Reih und Glied marschieren kann, dann verachte ich ihn schon; er hat sein Großhirn nur aus Irrtum bekommen, da für ihn das Rückenmark schon völlig ausreichen würde.«

Abschied

Den Nationalismus hatte Einstein 1921 noch ironisch für eine »Kinderkrankheit« gehalten, für die »Masern der menschlichen Rasse«. 1933 war ihm in dieser Frage der Humor abhanden gekommen. »Nationalismus ist ... nicht mehr als ein idealistischer Unterbau für den militärischen bzw. aggressiven Geisteszustand eines Volkes.« Dieser Satz steht im Entwurf für einen Vortrag in der Londoner Royal Albert Hall. Max Born gegenüber äußert er sich noch unverblümter: »Ich glaube, du weißt, daß ich nie besonders günstig über die Deutschen dachte (in moralischer und politischer Beziehung). Ich muß aber gestehen, daß sie mich doch einigermaßen überrascht haben durch den Grad ihrer Brutalität und – Feigheit.«

Als Familie Einstein im Spätherbst 1932 von Caputh zurück nach Berlin zog, sahen sich alle noch lange nach ihrem Haus um. Sie wußten, daß sie es nicht mehr wiedersehen würden. Einsteins Entschluß war gefaßt. Er würde Europa verlassen.

Der Kopfjäger von Caputh

Zu Einsteins Caputher Gästen hatte auch der amerikanische Physiker Abraham Flexner gehört.

Er war als Headhunter unterwegs, und seine Jagdbeute sollten erlesene Mitarbeiter für ein zukünftiges Institute for Advanced Study werden. In Caputh hatte Einstein noch nichts entschieden, aber 1932 begegneten sich Einstein und Flexner in Cambridge erneut. Jetzt war Einstein für die ihm offerierte Stelle in Princeton Feuer und Flamme. Er sollte keinerlei Lehrverpflichtungen haben und in Ruhe in einem Kreise erlauchter Kollegen forschen können.

Schon 1921 hatte ihm Princeton gefallen: »Eine noch ungerauchte Pfeife. Jung und frisch.«

The Princeton way of life

Es stand also wieder eine Amerika-Reise an. Das Ziel war die neue Arbeitsstelle in Princeton.

Im Dezember 1932 gingen Einstein und Frau Elsa in Antwerpen an Bord. Ihr offizieller Wohnsitz sollte zunächst Berlin bleiben, aber als Hitler am 30. Januar 1933 an die Macht kam, wurde der Beschluß geändert, und Einstein verkündete öffentlich, daß er nicht nach Deutschland zurückkehren werde.

Sein Loblied auf Amerika vom 10. März 1933 ist berühmt geworden: »Solange mir die Möglichkeit offensteht, werde ich mich nur in einem Lande aufhalten, in dem politische Freiheit, Toleranz und Gleichheit aller Bürger vor dem Gesetz herrschen.« Über Princeton selbst bekam Königin Elisabeth von Belgien weniger Pathetisches zu lesen. Einstein schrieb ihr, daß der Ort ein wundervolles Fleckchen Erde sei »und dabei ein ungemein drolliges zeremonielles Krähwinkel winziger stelzbeiniger Halbgötter«.

Den ihm und Princeton angemessenen way of life hatte Einstein auch schon herausgefunden: »Man kann sich aber durch Verstoßen gegen den guten Ton eine schöne Ungestörtheit verschaffen.«

Verkehrte Welt

Während sich der Zugvogel Einstein nun in der Neuen Welt einrichtete, brach in Deutschland Wutgeheul über ihn aus. Einstein hatte auf die deutsche Staatsbürgerschaft verzichtet, er war – besonders ärgerlich – aus der Preußischen Akademie der Wissenschaften ausgetreten, bevor man ihn als Juden hinauswerfen konnte, und er hatte alle Orden und Ehrungen zurückgegeben. Merkwürdigerweise nahmen ihm einige Juden seinen Schritt besonders übel. Sie fühlten sich verraten, ohne die drohende Gefahr für sich selbst zu sehen, gaben seiner Aufmüpfigkeit gar die Schuld an ihrer Behandlung. Einsteins früherer Gast, der Dirigent Erich Kleiber, war einer ihrer Wortführer.

Elsa litt besonders unter dieser verkehrten Welt. Sie schrieb einer Freundin: »Sie glauben, durch sein Auftreten habe man Repressalien ausgeübt, und sie haben in ihrer Borniertheit die Parole ausgegeben, ... ihn zu hassen. So bekommen wir mehr haßerfüllte Briefe von den Juden als von den Nazis.«

Massensuggestion ernster Gelehrter

Diese Vorgänge kamen die Einsteins hart an. Was der Physik-Nobelpreisträger Philipp Lenard 1936 in seinem Buch »Deutsche Physik« abgelassen hat, wird Einstein dagegen kaum tangiert haben. Lenard schwafelt darüber, daß »dem Juden« das Verständnis für die Wahrheit auffallend fehle, natürlich ganz im Gegensatz zum »unbändigen Wahrheitswillen arischer Forscher.« Einstein konnte Lenard seines miesen Verhaltens gegenüber Untergebenen sowieso seit langem nicht leiden.

Ob die skurrile Äußerung zu Einsteins Theorien aus der Feder eines gewissen J. Kremer von Antisemitismus oder nur von schlichtem Unverstand zeugt, ist schwer bestimmbar. Sie ist so entwaffnend ignorant, daß sie unbedingt in ein Anekdotenbüchlein gehört: »Ich weiß nicht, ob in der Geschichte der Wissenschaften ein ähnlicher Fall von Massensuggestion und Irreführung ernster Gelehrter in einem kaum für möglich zu haltenden Maßstabe vorgekommen ist. Es scheint unfaßbar, wie Mathematiker, Physiker, Philosophen, ja vernünftige Menschen überhaupt sich derartiges auch nur vorübergehend einreden lassen konnten.«

Stille Post

Als Einstein in Amerika war, lief die Anekdotenproduktion über ihn erst richtig an. Reporter und Journalisten profilierten sich mit dem Feinschliff seiner Äußerungen, Herausgeber und Redakteure forderten ihm Meinungen und Botschaften zu allen nur denkbaren Themen ab.

Man übernahm auch gern Anekdotisches von Kollegen. Die eine oder andere Abweichung in nebensächlichen Details kann da schon einmal passieren.

So wird berichtet, daß Einstein des öfteren von einem Nachbarjungen besucht wurde. Die Nachbarn fragten, ob es ihn denn nicht störe, wenn der Junge ständig bei ihm auftauche. Einstein antwortete: »Ach, wissen Sie, er schätzt es, daß ich ihm seine Mathematik-Hausaufgaben mache, und ich schätze es, daß er mir saure Drops mitbringt.«

In einer Sammlung von Physiker-Anekdoten kann man folgende Geschichte lesen: »Ein Nachbar des Gelehrten Einstein hatte eine Tochter von acht Jahren. Jeden Nachmittag ging die Kleine zu ihm hinüber und besuchte ihn. Endlich meinte die Mutter, sie müsse sich dafür doch bei Einstein entschuldigen. »Nicht nötig«, meinte Einstein. »Ihre Besuche machen mir viel Vergnügen. Wir verstehen uns ausgezeichnet.« – »Was können Sie denn mit einem achtjährigen Mädchen reden?« – »Oh das ist sehr interessant! Ich weiß es zu schätzen, daß sie mir jedesmal saure Bonbons mitbringt, und sie weiß es zu schätzen, daß ich ihr die Rechenaufgaben mache!«

Denn erstens kommt es anders...

Das Geschlecht von Marilyn Monroe ist Gott sei Dank eindeutig bekannt. Ihre Offerte an Einstein war auch etwas hochkarätiger als die sauren Drops der Nachbars-Zwillinge. Sie fragte Einstein, ob sie nicht beide zusammen ein Kind machen sollten.

»Was für ein Kind wäre das – mein Aussehen und ihre Intelligenz«. Einstein war vorsichtig. Er hatte so seine Bedenken: »Es tut mir leid, aber es könnte auch andersherum kommen ...«

Mysterien des Ruhms

Charlie Chaplin, der Einsteins Berliner Sieben-Zimmer-Wohnung einst klein und seine Teppiche abgetreten gefunden hatte, war natürlich trotzdem ein Freund des Gelehrten geblieben. Einstein hatte ihm zur Geburt seines vierten Kindes gratuliert und geschrieben, das Großartige an seiner Kunst wäre deren Internationalität. Sie würde doch in allen Ländern verstanden.

Chaplin spürte den kleinen freundlich-ironischen Unterton und nahm, was Einstein »intime Revanche« nannte. Seine Entgegnung war: »Allerdings, aber ihr Ruhm, Professor Einstein, ist noch viel merkwürdiger. Sie werden von der ganzen Welt bewundert, obwohl kein Mensch Sie versteht.«

Auch hier der Stille-Post-Effekt: Dieselbe Anekdote wurde auch mit einem Geburtstagsglückwunsch an Chaplin verbunden.

Zahnarzt mit Biß

Einstein wurde bei öffentlichen Auftritten belagert, aber auch zu Hause hin und wieder von eingesandten Manuskripten überschwemmt.

Eine Standardantwort hatte er seiner Sekretärin

diktiert: »Professor Einstein bittet Sie, bezüglich ihrer Publikationen einstweilen so zu handeln, wie wenn er schon tot wäre.«

Ein Zahnarzt, der behauptete, eine bessere Relativitätstheorie gefunden zu haben, hat diese Antwort auf sein Manuskript offenbar ignoriert und insistiert. Einstein wurde wütend: »Es ist überhaupt merkwürdig, ja beinahe abnormal, daß Sie auf Grund ihrer oberflächlichen Kenntnis des Gegenstandes so sehr auf Ihr Urteil vertrauen.« Und grundsätzlich hätte er, Einstein, nicht die Zeit, sich mit jedem Dilettanten zu befassen.

Der Zahnarzt war wohl ein Dilettant, aber feige war er nicht. Er sandte Einstein den Brief zurück. Die Antwort bestand nur aus einer Bemerkung: »Ich bin dreißig Jahre alt; es braucht Zeit, Demut zu lernen.«

Cool bleiben

In Einsteins Haus in Princeton sammelte sich nach und nach die ihm verbliebene Familie. Zuerst wohnte er mit seiner Frau und der Sekretärin Helen Dukas zusammen. Helen Dukas blieb auch, als Elsa Einstein 1936 starb.

Seine Stieftochter Margot zog zu ihm, nachdem sie sich von ihrem Mann getrennt hatte. Später kam auch Einsteins Schwester Maja nach Princeton in die Mercer Street 112. Sie, der Einstein allen Berichten zufolge zeitlebens sehr verbunden war, starb dort 1951 nach fünfjähriger Bettlägerigkeit.

Was in seinem Hause auch geschah, Einstein blieb ruhig.

Sein damaliger Mitarbeiter, der Ungar Leopold Infeld, war von soviel amerikanischer *coolness* zwar beeindruckt, aber auch leicht irritiert. Er sah, daß Einstein »seiner Frau die größte Sorge und Sympathie zukommen« ließ. »Aber obwohl sie dem Tode nahe war, blieb er gelassen und arbeitete unablässig.«

Einstein war ein glücklicher Emigrant. Dem Kritiker Rudolf Kayser, Ehemann seiner Stieftochter Ilse, war es gelungen, seine gesamten Unterlagen nach Amerika zu senden.

Bärenhäuter

Einstein hatte Max Born per Brief zu seiner guten Anstellung in Edinburgh gratuliert und berichtete dann, daß er sich in Princeton gut eingelebt habe, »wie ein Bär in seiner Höhle« hause und sich mehr zu Hause fühle als je in seinem wechselvollen Leben. »Diese Bärenhaftigkeit ist durch den Tod der mehr den Menschen verbundenen Kameradin noch gesteigert.«

Diese Art der Todesanzeige fand Born zwar »etwas merkwürdig«, kannte seinen Freund aber lange genug, um dessen beiläufige Meldung über den Tod seiner Frau ohne Verwunderung hinzunehmen. »Bei aller Freundlichkeit, Umgänglichkeit und Menschenliebe war er eben doch ganz unabhängig von seiner Umgebung und den dazugehörigen Menschen.«

Mit dem Rücken zur Wand

Wie es sich lebt mit dem Alleinsein und mit der Stille, war für Einstein immer wieder ein Thema der Selbstreflexion.

1952 schrieb er sehr nachdenklich über seine Berühmtheit: Den Gegensatz zu seiner Berühmtheit in der Welt und der Stille in Princeton empfinde er als verwunderlich. »Aber diese Isolierung habe ich mir mein ganzes Leben lang gewünscht und sie nun hier in Princeton gefunden.« An einer anderen Stelle heißt es dann wieder: »Es ist seltsam, wenn man so allgemein bekannt und dabei einsam ist. Aber Tatsache ist, daß diese Art Popularität, wie sie bei mir sich eingestellt hat, den Betroffenen in eine Verteidigungs-Position drängt, die zur Isolierung führt.«

Der Einspänner und die Unsichtbaren

Einstein war eben wie er war. Er nannte sich einen »typischen Einspänner«. 1930, in »Wie ich die Welt sehe« behauptete er, dem Staat, der Heimat, dem Freundeskreis, ja, selbst der engeren Familie nie mit ganzem Herzen angehört zu haben. Fremdheit und ein Bedürfnis nach Einsamkeit hätten ihn nie verlassen.

Zwei Jahre später, in einer Schrift, die er sogar »Mein Credo« nennt, ist er wieder der Einspänner, fühlt sich aber einer »unsichtbaren Gemeinschaft zugehörig, die nach Wahrheit, Schönheit und Gerechtigkeit strebt und das Gefühl der Vereinsamung nicht aufkommen läßt.«

Wie denn nun? – Kein Wunder, daß er sich ein paar Jahre später fragt: »Wie kommt es, daß mich niemand versteht und jeder mag?«

Alles, was Junge hat

Einsamkeits- und Einspänner-Gefühle habe Einstein nie gehindert, sich tätig für viele Menschen einzusetzen. Sein Briefwechsel mit Max Born zeugt davon, daß beide für eine Unzahl verfolgter Wissenschaftler in der ganzen Welt Stellungen suchten. Fast jeder Brief aus dieser Zeit enthält Namen, Schicksale und gegenseitige Bitten, für diesen oder jenen etwas zu tun.

1937 ging es zum Beispiel um einen Professor R. Samuel. Born schreibt an Einstein, daß dieser energische Mensch es geschafft habe, in Indien ein physikalisches Institut aufzubauen. Leider würden nun alle Nicht-Mohammedaner dort ausgetrieben und das schöne Institut »wird wieder in den Schoß Allahs zurücksinken«. Der Zionist Samuel wolle nach Palästina, notfalls als Maurer oder Schuhputzer.

Einstein verspricht Max Born, seinen Einfluß dort geltend zu machen. Allerdings erst, wenn ein theoretischer Physiker gefunden ist, vorher würde ein Mann des Experiments wie Samuel für die neue Universität nicht gut sein.
Einstein denkt zuerst als Fachmann.

Über Indien denkt er als Mensch. Er empfindet es als tröstlich, daß auch dort »die allzu menschliche

Schweinerei dominiert. Es wäre doch allzu böse, wenn dies ein Privileg der stolzen weißen Rasse wäre. Ich glaube an die weitgehende Gleichheit von allem, was zusammen Junge haben kann.«

Samuel kam später nach Palästina.

Es spitzt manchmal oben heraus

Juli 1944. Max Born an Einstein: Ich fühle mich alt. Er ist müde, überanstrengt von all den Wünschen, mit denen er bestürmt wird, es schaudert ihn bei dem Gedanken an die Untaten der Nazis, er grämt sich vor allem, daß »unsere Wissenschaft, die ... etwas so Schönes ist, ... degradiert worden ist als das Mittel zu Zerstörung und Tod.«

Einstein tut, was er in seinem Leben vermutlich kaum je getan hat, er versucht, Born zu trösten.

»Dein ›ich fühle mich zu alt‹ nehme ich nicht allzu ernst, weil ich es von mir kenne. Es spitzt manchmal oben heraus (mit wachsender Häufigkeit) und taucht dann wieder unter. Wir können es ja ruhig der Natur überlassen, uns allmählich zu Staub zu machen, wenn sie nicht einen rascheren Weg bevorzugt.«

Merkwürdige Szene im Schnee

Am Silvestertag 1938 sitzen eine ältere Dame und ein jüngerer Herr auf einem Baumstamm am Rande einer Waldlichtung. Schnee gibt es genug, Skifahrer kaum. Die beiden sind in ein eifriges Gespräch vertieft.

Es scheint merkwürdige Wendungen zu nehmen. Mal brüten beide vor sich hin, in der nächsten Minute gestikulieren sie aufgeregt, springen auf, und immer wieder zeigt der eine oder andere erregt auf eines der vielen Zettelchen, die sie um sich herum verteilt haben.

Die Szene spielt in Kungälv in Westschweden. Die Personen sind die nach Schweden emigrierte Physikprofessorin Lise Meitner und ihr Neffe Otto Robert Frisch, ebenfalls Physiker. Zur Zeit ist er im Kopenhagener Institut von Niels Bohr beschäftigt.

Lise Meitner hatte in Berlin gemeinsam mit Otto Hahn jahrzehntelang an Zerfallsprozessen von Atomen geforscht. Auf postalischen Umwegen hat Hahn sie auch weiterhin auf dem laufenden gehalten. Jetzt diskutiert sie mit ihrem Neffen einen besonders brisanten Brief. Mittels Neutronenbeschuß ist die Spaltung des Uran-Atomkerns gelungen. Aber der Chemiker Hahn steht vor einem Rätsel: Ihm, dem sorgfältigsten aller Experimentatoren, ist dabei Masse »irgendwie verlorengegangen«.

Meitnerin, wo ist sie geblieben?

Die alte Formel erwacht

Inzwischen ist es dunkel, die Langlaufski des vierunddreißigjährigen Neffen stehen wieder im Schuppen der Skihütte. Die einundsechzigjährige Tante, ihre Rüstigkeit als Fußgängerin unter Beweis stellend, ist ebenfalls in der Hütte, wo sie Silvesterurlaub macht, angekommen.

Ein heißer Tee, und beide beginnen zu rechnen. Theorien werden hin- und hergewälzt, nichts erklärt das Phänomen der verschwundenen Masse vollständig. Noch einmal lesen sie Otto Hahns Brief. 200 Millionen Elektronenvolt Energie sind bei dem Versuch auch noch entstanden, interessant.

Und dann schlägt sich Lise Meitner vor den Kopf. Sie erinnert sich eines Kongresses im Jahr 1910. Vor nunmehr 28 Jahren hatte sie einen Vortrag des Physikers Einstein gehört, und darin kam eine einprägsame Formel vor, Masse und Energie betreffend, $E = mc^2$.

Beide rechnen nach, und alles stimmt genau. Die verschwundene Masse ergibt nach Einsteins Formel genau 200 Mio Elektronenvolt. Hahn ist eben brillant in seinen Experimenten.

Als Otto Robert Frisch im neuen Jahr Niels Bohr die Ergebnisse seines Skiausflugs berichtet, macht der eine ähnliche Handbewegung wie Lise Meitner: »Mein Gott, was für Idioten wir doch alle waren! Das ist ja wunderbar! Genau so muß es sein!«

Der Brief für die Bombe

Als Einstein von den neuen Kernspaltungsexperimenten hörte, war ihm deren Auswirkung sofort klar.

Der Gedanke, daß die Nazis die Bombe zuerst

haben könnten, führte zu dem berühmten Brief an den amerikanischen Präsidenten Franklin D. Roosevelt. Zuerst schreibt er nur, daß das Element Uran in absehbarer Zeit in eine neue wichtige Energiequelle verwandelt werden könnte. Dann wird der Brief konkreter. Er zeigt die Möglichkeit zum Bau einer Bombe auf. Und weiter: »Eine einzige Bombe dieser Art, auf einem Schiff befördert oder in einem Hafen explodiert, könnte ... den ganzen Hafen und Teile der umliegenden Gebiete völlig vernichten. Möglicherweise würden solche Bomben infolge ihres Gewichts den Transport auf dem Luftweg ausschließen.«

Wie klein und wie schrecklich die Bombe dann wirklich war, hat Roosevelt nicht erlebt und Einstein sich nicht vorstellen können.

Deutschland überschätzt

Hauptmotiv für diesen Brief ist die Angst, in Deutschland, wo Otto Hahn und sein Assistent Fritz Strassmann die erste Kernspaltung zustandebrachten, würde intensiv an einer Bombe geforscht.

Dies geschah auch, ebenso geheim wie erfolglos. Einstein: »Wenn ich gewußt hätte, daß es den Deutschen nicht gelingen würde, die Atombombe zu konstruieren, hätte ich mich von allem ferngehalten.«

Kohlenkernspaltung

Wenn es zum Glück auch keine deutsche Atombombe gab, so heißt das nicht, daß man im Lande nichts von der Kernspaltung wußte und verstand.

1942 schreibt die Chemiestudentin Barbara Klamroth ihrer Mutter aus München einen Brief. Darin geht es um Studentenklatsch, Professoren, Vorlesungen und Experimente. Ob man aus Silber Cadmium machen könnte, wird erörtert, oder wie man mit Atomkernen umgeht.

Die Mutter antwortet aus Halberstadt am Harz, daß sie das mit dem Silber und dem Cadmium umgekehrt besser fände und außerdem gar nicht wüßte, was Cadmium sei. Weiter schreibt sie: »Das Beschießen der Atomkerne finde ich ... aufregend.«

Damit ist es für die praktische Mutter aber noch nicht getan. Sie will von ihrer gebildeten Tochter wissen, wann sie und ihre Studienkollegen »die Dinger« nun endlich mal zertrümmern würden, »damit man mit 3 Stück Kohle von hier nach Berlin einen ganz langen Zug betreiben kann?«

Ungarische Verschwörung

Schon dem ersten amerikanischen Uran-Ausschuß, den Roosevelt direkt nach dem Beginn des 2. Weltkrieges gegründet hatte, gehörte Einstein nicht an.

Mit von der Partie waren neben dem Direktor des amerikanischen Bureau of Standards und zwei Militärs vier andere Wissenschaftler. Dies waren der Ex-Italiener Enrico Fermi sowie Leo Szilard, Eugene

Wigner und Edward Teller. Dieses Trio aus einem kleinen Land in Mitteleuropa hieß in Physikerkreisen die »Ungarische Verschwörung«.

Radikalpazifist ante portas

Auf Roosevelts Veranlassung hin wurde das Atom-Komitee 1940 stark erweitert, und auch Einstein sollte ihm nun angehören. Er lehnte ohne Begründung ab. Auch das spätere riesige »Manhattan Project« in Los Alamos, das einen Theoretiker seines Formats gewiß hätte brauchen können, ging ohne Einstein seinen infernalischen Gang.

Dem US-Geheimdienst sei Dank.

Einstein war zwar ab 1. Oktober 1940 eingebürgerter Amerikaner, aber die Agenten trauten ihm nicht. Sie hielten es für unwahrscheinlich, daß »ein Mann seines Hintergrundes in so kurzer Zeit ein loyaler amerikanischer Bürger« werden könne. Einsteins Hintergrund war »radikal«. Schließlich bekundete er das eine oder andere Mal seine Sympathie für die Sowjetunion, war Jude und, noch schlimmer, Pazifist.

Möglicherweise hatte man bei der CIA ja auch Zeitung gelesen und die folgende Bemerkung zu den Akten genommen: »Warum sollte man denn auch jemandes Anwesenheit zulassen, der ordinär genug ist, ein Gegner jedes Krieges zu sein, natürlich den unvermeidlichen mit der eigenen Frau ausgenommen?«

Das hatte Einstein einem AP-Mitarbeiter geantwortet, als der ihn mit der besorgniserregenden Tatsache konfrontierte, daß eine ganze Gruppe von Frauenklubs seine Einreise in die USA bekämpfe. Der Grund: Dieser Mann verbreitet umstürzlerische Lehren.

Die Metamorphose läßt auf sich warten

Nach dem Abwurf der Atombomben über Hiroshima und Nagasaki im August 1945 hat Albert Einstein öfter und eindringlicher denn je seine Stimme gegen den Krieg, gegen den Einsatz dieser Waffe und für das Verantwortungsgefühl der Wissenschaftler erhoben. Leo Szilard stand ihm oft zur Seite.

»Der Krieg ist gewonnen – aber nicht der Friede.« »Die Entfesselung der Atomenergie hat kein neues Problem geschaffen. Sie hat lediglich die Notwendigkeit der Lösung eines bereits vorher bestehenden Problems noch akuter gemacht.«

»Wir Wissenschaftler, die wir das traurige Schicksal haben, an der Entwicklung noch grausamerer und wirkungsvollerer Mittel der Vernichtung mitgearbeitet zu haben, müssen es als unsere oberste und heiligste Pflicht betrachten, alles in unseren Kräften stehende zu tun, um die Anwendung dieser Waffen für die unmenschlichen Zwecke, für die sie erdacht worden sind, zu verhindern.«

An die Königin von Belgien schrieb er die anrührendsten Worte: »Merkwürdig ist es, daß die ehemals doch ziemlich harmlos erscheinende Wissenschaft sich zu einem Albtraum angewachsen hat und alle erzittern läßt. Und die Angst ist der schlechteste von allen Ratgebern. Noch immer denken die Schwerter nicht daran, sich in Pflugscharen verwandeln zu lassen.«

Absurde Pointe

Einstein hatte die Formel entwickelt, und Lise Meitner hat sie auf Otto Hahns Kernspaltungsexperiment angewendet. So wurden diese beiden zutiefst pazifistischen und menschenfreundlichen Wissenschaftler zum »Vater« und zur »Mutter« der Atombombe – eine der absurdesten Pointen der Wissenschaftsgeschichte.

Einstein for President

In den letzten zehn Jahren seines Lebens gab es noch zwei Ereignisse, die den »Einspänner« und »Höhlenbären« in seiner Ruhe störten. Die erste Attacke kam von eher befreundeter Seite.

Chaim Weizmann, der erste Präsident Israels, war am 9. November 1952 gestorben. Einstein war in Israel so populär, daß es ein dringendes Gebot war, ihm das hohe Amt als Nachfolger Weizmanns anzutragen. Jeder wußte aber, daß er dazu denkbar ungeeignet war. Ministerpräsident Ben Gurion zu seinem Sekretär: »Was machen wir, wenn Einstein annimmt? Wir werden die größten Schwierigkeiten haben.«

Einstein spielte ein Pro-forma-Spiel mit. Er wurde offiziell gefragt und lehnte ebenso offiziell ab. Zur Begründung brachte er hervor, er hätte es vor lauter wissenschaftlicher Arbeit in seinem Leben vollkommen versäumt, Fähigkeiten und Erfahrungen im richtigen Verhalten zu Menschen zu sammeln.

Die ungeliebten Wahrheiten des abgelehnten Präsidenten

Seiner Stieftochter Marion vertraute er an, als Präsident hätte er dem israelischen Volk vermutlich einige Wahrheiten zu sagen gehabt, die kein Mensch hätte hören wollen.

Die Haltung zu den Arabern stellte für Einstein den »wahren Prüfstein unseres moralischen Standards« dar. Solange man mit ihnen nicht ehrlich umginge, meinte er, hätten die Juden nichts aus ihrer zweitausendjährigen Leidensgeschichte gelernt.

Die Ultraorthodoxen nannte er nach einem Besuch an der Klagemauer »stumpfsinnige Stammesbrüder«, »Menschen mit Vergangenheit ohne Gegenwart«.

Das Versteck in der Wannsee-Villa

Die zweite Aufregung kam aus Amerika selbst. Die McCarthy-Zeit war angebrochen, und eine vom Mißtrauen vergiftete Atmosphäre, die er nur zu gut kannte, quälte ihn. »Das Schlimmste ist, daß es nirgends etwas ist, womit man sich identifizieren kann. Alles brutal und verlogen.«

Über Einstein wurde eine Akte angelegt. Ob auf die Denunziation seines weiland Berliner Feindes

Weyland hin, oder ob man einen kritischen Geist wie Einstein sowieso im Visier hatte, ist nicht bekannt. McCarthys Geheimdienstchef Hoover bekam jedenfalls von seinen Mitarbeitern schöne Dinge zu lesen: Einstein sei ein extrem Radikaler, sein Haus sei in den 20er Jahren ein Kommunistenzentrum gewesen, in seiner Wannsee-Villa hätte er gar ein Versteck für Abgesandte Moskaus eingerichtet.

Einstein wiederum riet seinen Landsleuten, vor dem Komitee jegliche Aussage zu verweigern.

Das nun machte ihn vollends suspekt. Senator McCarthy höchstselbst erklärte Einstein zum »Feind Amerikas«.

Einstein im Fernsehen

In seinen letzten Jahren war Einstein unermüdlich politisch tätig. Er setzte sich für eine Weltregierung ein, die Konflikte nicht durch Kriege, sondern auf juristischem Wege lösen sollte.

Wenn der Gedanke an eine Weltregierung nicht realistisch sei – wie man ihm natürlich entgegenhielt –, dann wäre, so meinte er, nur eines realistisch, »die allgemeine Zerstörung der Menschen durch Menschen«.

Auf die Kürze des Bonmots gebracht: »Der Mensch erfand die Atombombe, doch keine Maus der Welt würde eine Mausefalle konstruieren.«

Um seinen Aufrufen die nötige Verbreitung zu verschaffen, benutzte Einstein in einer Mischung aus

Neugier, gelindem Mißtrauen und Einsicht in die Nützlichkeit sogar das Fernsehen, welches sich gerade zu verbreiten begann.

Wir haben ein Kontrollproblem

In einer Gesprächsrunde wurde Einstein einmal gefragt, warum die Menschen zwar fähig seien, die Struktur der Atome zu erforschen und die Atombombe zu bauen, aber keinerlei Ahnung hätten, wie man diese Bombe kontrollieren könnte.

Er antwortete: »Das ist ganz einfach, lieber Freund: der Grund liegt darin, daß Politik schwieriger ist als Physik.«

Gott in 29 Worten

Einstein verstand sich als ein religiöser Mensch. Mit herkömmlicher Gläubigkeit hatte dies aber nicht viel zu tun. Schon seine Ansicht, daß der moralische Wert eines Menschen nicht in seiner Gläubigkeit bestehe, ist in jeder Religion schiere Ketzerei.

Der Glaube an einen persönlichen Gott erschien ihm geradezu kindisch. Ebenso wenig war er von der Unsterblichkeit des Individuums oder von göttlichen Geboten überzeugt. Ethik hielt er für ein »ausschließlich menschliches Unterfangen«.

Dem New Yorker Rabbiner Herbert Goldstein war das alles zu verschwommen. Er stellte die Gretchenfrage, und zwar knallhart. Im April 1929 bekam Einstein ein Telegramm: »Glauben Sie an Gott? Stopp Bezahlte Antwort 50 Worte«.

Einstein schöpfte das Budget nicht aus: »Ich glaube an Spinozas Gott, der sich in der gesetzlichen Harmonie des Seienden offenbart. Nicht an einen Gott, der sich mit dem Schicksal und den Handlungen der Menschen abgibt.«

Er integriert empirisch

Die Anwendung der Religion auf die Wissenschaft bestand für Einstein vor allem in der festen Überzeugung, daß »der Alte« nicht würfele.

Jede weitere Einmischungen Gottes in die Wissenschaft lehnte Einstein ab. »Gott kümmert sich nicht um unsere mathematischen Schwierigkeiten. Er integriert empirisch.«

Und falls – auch hier hatte Einstein seine Zweifel – Gott die Welt tatsächlich geschaffen haben sollte, »war seine Hauptsorge sicherlich nicht, sie so zu machen, daß wir sie verstehen können«.

Schöne Gottesgaben an Kopf und Hals

Einstein war bis in seine letzten Lebensjahre überzeugt, daß es irgendwo einen einfachen logischen Zusammenhang gibt, der die Welt erklärt.

Wenn er den auch nicht fand, so hielt er die Unbeirrbarkeit seines Suchens doch für ein Gottesgeschenk. Gott sei unerbittlich darin, wie er seine Gaben verteilt. »Mir hat er die maultierhafte Starrnäckigkeit gegeben und sonst nichts; das heißt, die Nase hat er mir auch gegeben.«

Vielleicht war es tatsächlich die gottgegebene Nase, die ihn lenkte und leitete, denn Einstein fand, daß er keine besondere Begabung habe, sondern nur leidenschaftlich neugierig sei. »Mir genügt es, mich über die Geheimnisse zu wundern.«

Ein Talent zum Tiefstapeln hatte er zumindest auch.

Das Heulen des Seehunds

Einstein besaß noch eine weitere bemerkenswerte Gabe. Er konnte aus tiefstem Herzensgrunde lachen. Es brauchte nicht viel, um ihn dahin zu bringen. Ein guter Witz, eine kleine komische Begebenheit genügten. Einstein lachte mitunter sogar über Dinge, die ihm sehr an die Seele gingen und andere zum Weinen brachten.

Abraham Pais fand Einsteins Art von Gelächter ganz außerordentlich. »Es war eher wie das Heulen eines Seehunds. Es war ein glückliches Gelächter.«

Irgendwie nicht ganz glücklich über Einsteins Gelächter war allerdings die Frau seines Physikerfreundes Paul Ehrenfest. Einstein war zu Gast bei Ehrenfest. Der, auch ein großer Lacher, und Einstein amüsierten sich über irgendeinen Witz um die Wette und schlugen unter Gelächtersalven auf die Armlehnen ihrer Plüschsessel. Wolken von Staub erhoben sich daraus und stoben und wirbelten durch den Salon.

Suche im Dunkeln

Wenn sich Einstein über die Geheimnisse der Natur genug gewundert hatte, ging er ihnen bekanntlich zu Leibe.

In einer Vorlesung an der Universität in Glasgow beschrieb er den ungläubig staunenden Studenten, was an dem »ahnungsvollen, Jahre währenden Suchen im Dunkeln« so wunderbar sei. Einstein nannte die »gespannte Sehnsucht«, die »Abwechslung von Zuversicht und Ermattung« und »endlich der Durchbruch zur Wahrheit«. Das »kennt nur, wer es selbst erlebt hat«.

Er setzte noch eins drauf. Neben unermüdlicher Ausdauer sei für den Forscher auch die Bereitschaft unabdingbar, »etwas, in das man viel Zeit und Arbeit gesteckt hat, wieder wegzuwerfen«.

Es bleibt die Frage, wie viele angehende Akademiker sich der Lust, jahrelang im Dunkeln zu suchen und das gefundene dann wieder wegzuwerfen, wohl hingeben werden.

Keine Geschmacklosigkeiten bitte

Ich habe mir fest vorgenommen, mit einem Minimum medizinischer Hilfe ins Gras zu beißen, wenn mein Stündlein gekommen ist, bis dahin aber drauf los zu sündigen, wie es mir meine ruchlose Seele eingibt.«

Diesen Vorsatz hatte Einstein mit Mitte 30 gefaßt und an Elsa geschrieben.

Was die Sünden betrifft, hatte er seine eigenen

Planvorgaben seit längerem erfüllt. Aber auch in der Haltung zum Tod und zum Sterben war er seinen damaligen Vorstellungen treu geblieben. Eine letzte Operation lehnte er vehement ab. »Es ist geschmacklos, das Leben künstlich zu verlängern. Ich habe meine Sache hier getan. Es ist Zeit, zu gehen. Ich möchte dies elegant tun.«

Die letzte Neugier

Als Einstein sich anschickte zu sterben, war zufällig auch seine Stieftochter, von der er einmal gesagt hatte, »wenn Margot spricht, sieht man die Blumen wachsen« in demselben Krankenhaus. Sie litt an starken Ischiasschmerzen und wurde im Rollstuhl an Einsteins Krankenbett gefahren.

Auch Einsteins Sohn Hans Albert war da.

Margot schrieb an Familie Born, daß Einstein auf sein Ende gewartet hätte, »wie auf ein bevorstehendes Naturereignis ... Ohne Sentimentalität und ohne Bedauern ist er von dieser Welt gegangen.«

Einstein starb in der Nacht vom Sonntag auf Montag, dem 18. April 1955, im Princeton Hospital an einer inneren Blutung im Bauchraum.

Seine letzten Worte gingen der Menschheit verloren; die Krankenschwester, die sie hörte, verstand kein Deutsch.

Ich bin noch da

Sentimental bezüglich des eigenen Endes war Einstein nie gewesen. Schon vier Jahre vor seinem Tod hat er lakonisch angemerkt: »Ich selber gehöre auch schon weg, bin aber doch noch da.«

Selbst über seinen Tod hinaus hat er sich Sentimentalitäten verbeten. Einstein wollte unbedingt verbrannt werden, »damit die Menschen nicht kommen, um meine Gebeine zu verehren«.

Trauerfeier, Ehrengrab, Denkmal – alles trug man ihm an, alles lehnte er ab.

Edelstes Teil knapp normgerecht

Einstein wurde verbrannt und seine Asche an einem unbekannten Ort verstreut. Seinem Wunsch wurde also entsprochen – das heißt beinahe. Das wertvollste seiner Körperteile wurde vor dem Feuer gerettet. Als Einstein sieben Stunden tot war, entnahm der junge Pathologe des Princeton Hospitals, Dr. Thomas Harvey, Einsteins Gehirn. Es heißt, er floh damit durch ganz Amerika und verlor sogar seine Approbation. Von seinem kostbaren Besitz habe er aber nicht gelassen.

In einer anderen Quelle steht schlichter, die Familie habe Dr. Harvey erlaubt, das Gehirn zu behalten, solange er daran forschte und keine Geschäfte damit machen würde.

Harvey suchte nach dem materiellen Niederschlag der Genialität, fand aber nur, daß Einsteins Gehirn mit 1230 Gramm am unteren Ende der Norm lag.

Einen Teil seines kostbaren Präparats hat Harvey an andere Forscher abgegeben. Dr. Marian Diamond in Berkeley fand tatsächlich in der linken Hemisphäre eine überdurchschnittliche Zahl von Gliazellen, die der Versorgung von Nervenzellen dienen.

Und nun bekam wenigstens Einsteins Quintessenz doch noch ihr Memorial: Ein vergrößertes Bild von Einsteins Gliazellen ist in Berkeley ausgestellt.

Das Genie und die Tänzerin

Einige Teile von Einsteins Gehirn wurden konserviert und aufgehoben. Aber nicht einmal diese fanden ihre Ruhe. Anfang der 90er Jahre trat eine Frau auf den Plan und behauptete, Einsteins uneheliche Tochter mit einer New Yorker Tänzerin zu sein.

Also wurde 1993 eine DNA-Analyse an Einsteins Gehirnsubstanz vorgenommen. Vergebens; das Konservierungsmittel hatte die DNA zerstört.

Eine andere vorgebliche Einstein-Tochter war die Schauspielerin Grete Markstein. Begabt genug war sie, aber nur 13 Jahre jünger als Einstein, so fiel auch ihr Anspruch durch.

Denkt an euer Menschentum

Eine Woche vor seinem Tod, am 11. April, hatte sich Einstein ein letztes Mal öffentlich geäußert. Gemeinsam mit dem Philosophen Bertrand Russell hatte er einen Appell unterzeichnet, der die Öffentlichkeit und vor allem die mit dem Kalten Krieg voll beschäftigten Politiker vor den Gefahren des Atomkriegs warnen sollte.

Tatsächlich erreichte das »Einstein-Russell-Manifest« die verbohrten hauptamtlichen Volksvertreter kaum. Es entstand aber eine Antikriegs-Institution, in der sich Naturwissenschaftler und Intellektuelle versammelten, die Pugwash-Konferenz. 1995 erhielt sie den Friedens-Nobelpreis.

Einstein und Russell hatten um jeden Satz ihres Manifestes gerungen. Postsachen mit Entwürfen und korrigierten Entwürfen gingen hin und her.

Im endgültigen Text heißt es:

»Vor uns liegt, wenn wir es nur wollen, die Möglichkeit ununterbrochenen Fortschritts zu Glück, Wissen, Weisheit. Sollen wir stattdessen den Tod wählen, weil wir unsere Streitereien nicht vergessen können? Als Menschen rufen wir die Menschen auf: Denkt an euer Menschentum – und vergeßt alles andere.«

Und auch hier nach dem hehren Wort das heitere:

»Liebe Nachwelt!

Wenn ihr nicht gerechter, friedlicher und überhaupt vernünftiger sein werdet, als wir sind beziehungsweise gewesen sind, so soll euch der Teufel holen.«

Anhang

Zeittafel

1879
Albert Einstein wird am 14. März als Sohn von Hermann und Pauline Einstein, geb. Koch, in Ulm geboren.

1880
die Familie übersiedelt nach München.

1881
Geburt von Einsteins Schwester Maja.

1885
Albert Einstein besucht eine katholische Volksschule und beginnt mit dem Violinunterricht.

1888
Einstein wechselt ins Münchner Luitpold-Gymnasium.

1894
Einsteins Familie zieht nach Italien, Albert verläßt vorzeitig das Gymnasium.

1895
Einstein holt das Abitur in der Kantonsschule Aarau in der Schweiz nach.

1896
Einstein gibt die deutsche Staatsbürgerschaft auf, im Herbst beginnt er sein Studium am Polytechnikum Zürich.

1900
Einstein ist Diplom-Fachlehrer für Mathematik.

1901
Einstein erhält die Schweizer Staatsbürgerschaft. Seine erste wissenschaftliche Publikation erscheint.

1902
Einsteins uneheliche Tochter wird geboren. Im Juni tritt er seine Stelle im Berner Patentamt an. Tod von Hermann Einstein in Mailand.

1903
Hochzeit mit Mileva Marič.

1904
Einsteins Sohn Hans Albert wird geboren.

1905
Einsteins »Wunderjahr«. Er legt fünf wissenschaftliche Arbeiten vor, die sein Lebenswerk begründen.

1906
Einstein wird promoviert.

1908
Privatdozent an der Universität Bern.

1909
Außerordentlicher Professor in Zürich.

1910
Einsteins Sohn Eduard wird geboren.

1911
Ordinarius für Theoretische Physik an der deutschen Universität in Prag. Erster Solvay-Kongreß in Brüssel.

1912
Einstein trifft seine geschiedene Cousine Elsa Löwenthal in Berlin wieder. Er geht als Professor für Theoretische Physik an die ETH Zürich.

1913
Einstein wird Mitglied der Preußischen Akademie der Wissenschaften in Berlin. Er nimmt auch die Berufung zum Professor ohne Lehrverpflichtung an die Berliner Universität und die Stellung des Direktors eines zu gründenden Kaiser-Wilhelm-Instituts für Physik in Berlin an.

1914
Einstein zieht mit der Familie nach Berlin. Mileva

und die Söhne gehen binnen kurzem nach Zürich zurück.
Am 1. August Ausbruch des 1. Weltkrieges.

1915
Einstein vollendet die Allgemeine Relativitätstheorie.

1916
Drei Arbeiten zur Quantentheorie werden veröffentlicht.

1917-18
Einstein erkrankt schwer, wird von Elsa gepflegt.

1919
Scheidung von Mileva, am 2. Juni Hochzeit mit Elsa. Die deutsche Republik wird ausgerufen. Während einer Sonnenfinsternis wird durch Beobachtungen Sir Arthur Eddingtons die Richtigkeit der Allgemeinen Relativitätstheorie bewiesen. Einstein wird berühmt.

1920
Einsteins Mutter stirbt in Berlin. Erste antisemitische Aktivitäten gegen Einstein.

1921
Erste USA-Vortragsreise, unter anderem an die Uni-

versität Princeton. Einstein sammelt Geld für eine zu gründende hebräische Universität.

1922
Reise nach Japan. Einstein erhält den Nobelpreis für Physik, allerdings nicht für die Relativitätstheorie.

1923
Reisen nach Palästina und Spanien.

1925
Reise nach Südamerika. Aus Verehrung für Gandhi bekennt er sich öffentlich zum Pazifismus.

1927
Auf dem 5. Solvay-Kongreß in Brüssel erreicht Einsteins Auseinandersetzung mit Niels Bohr über die Quantentheorie ihren spektakulären Höhepunkt.

1928
Einstein erkrankt erneut. Während seiner Rekonvaleszenz stellt er seine lebenslange Sekretärin Helene Dukas ein.

1929
Einstein kauft sich ein Sommerhaus in Caputh bei Potsdam. Er trifft dort viele Freunde, Fachkollegen und Persönlichkeiten des künstlerischen und gesell-

schaftliche Lebens. Beginn der Freundschaft mit Königin Elisabeth von Belgien.

1930
Besuche in New York, Kalifornien, Kuba. Einstein unterzeichnet ein Manifest für die Weltabrüstung.

1932
Einstein nimmt einen Ruf an das zu gründende Institute for Advanced Study in Princeton an. Im Dezember reist er in die USA.

1933
Nach Hitlers Machtergreifung kehrt Einstein nicht nach Deutschland zurück. Er verzichtet auf die deutsche Staatsbürgerschaft, bleibt aber Schweizer. Austritt aus der Akademie der Wissenschaften, Rückgabe aller deutschen Auszeichnungen. Letzter Europa-Aufenthalt im belgischen Coq-sur-Mer, Reisen nach Oxford und in die Schweiz zu seinem an Schizophrenie erkrankten Sohn Eduard. Am 17. Oktober Ankunft in New York.

1934
Einsteins Stieftochter Ilse stirbt in Paris, Stieftochter Margot zieht mit Ehemann Dmitri Marianoff nach Princeton.

1935
Einstein bezieht seine letzte Wohnung in der Mercer Street 112 in Princeton.

1936
Elsa Einstein stirbt nach langer Krankheit.

1937
Einsteins Sohn Hans Albert übersiedelt nach Kalifornien.

1939
Einstein unterzeichnet den Brief an Präsident Roosevelt, in dem er auf die Möglichkeit zum Bau einer Atombombe aufmerksam macht.
Einsteins Schwester Maja zieht zu ihm. Europa wird von Hitler in den 2. Weltkrieg gestürzt.

1940
Einstein wird USA-Bürger.

1945
Atombombenabwurf über Hiroshima und Naga saki. Ende des 2. Weltkrieges. Einstein wird emeritiert, behält jedoch bis zu seinem Lebensende ein Arbeitszimmer in Institute for Advanced Study in Princeton.

1946
Einstein tritt öffentlich für eine Weltregierung ein, die den Frieden erhalten soll.

1948
Mileva Einstein-Marič stirbt in Zürich.

1950
Einstein bestimmt, daß sein Nachlaß nach dem Tode der ersten Nachlaßverwalter an die Hebräische Universität Jerusalem gehen soll.

1951
Einsteins Schwester Maja stirbt.

1952
Einstein wird die israelische Präsidentschaft angeboten. Er lehnt ab.

1955
Einstein arbeitet mit Bertrand Russell an einem Manifest, das zur atomaren Abrüstung aufruft. Vor der Unterzeichnung stirbt er am 18. April in Anwesenheit von Stieftochter Margot und Sohn Hans Albert.

Nachwort

Mit Einstein ist es nicht einfach.

Er war ein wissenschaftliches Genie und ein Mensch, der sich mit allem Gewicht seiner Persönlichkeit für Frieden und Abrüstung einsetzte, dem keine Idee und Ideologie wichtig genug war, Menschenleben zu kosten.

Aber es wird auch an ihm haften bleiben, ob historisch korrekt oder nicht, die Atombombe in die Welt gebracht zu haben. Diese Last hat im Alter schwer auf ihm gelegen, der Verantwortung dafür entzog er sich nie.

Zuerst ist Einstein Wissenschaftler. Er ist der Mann, der kraft seines Denkens das Universum – von den Bestandteilen des Atoms bis zu den exotischsten kosmischen Erscheinungen – neu ordnete. Experimente mit riesigen wissenschaftlichen Maschinen, mit Weltraumteleskopen und Ringbeschleunigern, bestätigen bis heute seine per Gedankenexperiment gefundenen Theorien.

Gemessen an den Vorstellungen vom gängigen Wissenschaftsbetrieb, dies traf zu seiner Zeit genauso zu wie in der Gegenwart, war Einstein auch der Mann im Elfenbeinturm. Er ging weder längere Zeit regelmäßig an einer Universität ein und aus, noch hat er eine wissenschaftliche Schule begründet, noch seine Arbeit durch Scharen von Assistenten und Studenten erledigen oder unterstützen lassen. Er arbeitete allein, gern in seinem Berliner »Turmzimmer«.

Gegen diese Sicht auf seine Person steht Einsteins gesellschaftliche Beobachtungsgabe und seine Furchtlosigkeit, Mißstände beim Namen zu nennen und gegen sie aktiv zu werden. Als Schüler hat er damit begonnen, mit seinem letzten Text damit geendet.

Einstein hatte eine große Zahl von kollegialen Freunden und Brief- oder Diskussionspartnern. Die brauchte er, um das Umfeld seiner wissenschaftlichen Arbeiten zu sondieren. Sie lieferten ihm im Gespräch Ausblicke in benachbarte Fachgebiete, den Überblick über den Stand experimenteller Forschungen, mathematisches Rüstzeug, philosophische Hintergründe.

Einstein aber besaß die bewundernswerte Fähigkeit, physikalische Gegebenheiten der Natur, ihren mathematischen Ausdruck und ihre weltanschauliche Grundierung zusammenzudenken. So kamen seine erstaunlichen Hypothesen vom gekrümmten Raum, von der Veränderlichkeit der Zeit, von der Natur des Lichtes als Welle und Teilchen gleichermaßen zustande.

Wie sehr das allgemeine Weltverständnis auf die wissenschaftlichen Einsichten selbst eines großen und gedanklich so offenen und beweglichen Forschers wie Einstein wirkt, macht seine Einstellung zur Quantenmechanik klar. Werner Heisenberg betont, daß Einstein zutiefst davon überzeugt war, daß die Welt in einen Bereich der objektiv erklärbaren Natur und in einen subjektiven Bereich mit all seinen Unwägbarkeiten teilbar ist. Den objektiven Teil, so meinte Einstein, könne man eines Tages eindeutig und vollständig erklären. Die Quantenmechanik mit ihren Wahrscheinlichkeitsereignissen lief diesem Weltverständnis vollkommen zuwider.

Daß Einstein Forschungsergebnisse, die ihm nicht gefielen, trotzdem gelten ließ, wenn er sie richtig fand, ist ein Wesenszug, der ihn generell auszeichnete. Nie berief er sich auf das Gewicht seiner Autorität und unterdrückte, was andere gefunden hatten. Zur Hypothese von der Ausdehnung des Universums, die ihm Georges Lemaitre 1927 vortrug, meinte er beispielsweise, daß die Berechnungen zwar richtig, die Physik dazu aber scheußlich wäre.

Man kann von Einstein auch ein völlig anderes Bild als das des nahezu autonom und unermüdlich arbeitenden Forschers gewinnen. Seine Zeitgenossen beschreiben ihn als gesellig und den Menschen zugewandt. Die unzähligen Geschichten, Anekdoten und Äußerungen, die über ihn im Umlauf sind, bestätigen dieses Bild seiner Persönlichkeit. Welche Gesellschaft wird sich jahrzehntelang mit einem misanthropischen Griesgram oder abgekapselten Intellektuellen abgeben?

Einstein selbst wußte nicht so genau, wie es sich mit ihm und den Mitmenschen wirklich verhielt. Er betrachtete sich als »Einspänner«, fühlte einen Abstand, einen Vorhang zwischen sich und den anderen und suchte trotzdem eine ihm ganz vertraute

Menschenseele. Er fand Mileva und Elsa, Toni und Estella und andere mehr, vermutlich. Von Mileva trennte er sich grob, Elsa hat er offen betrogen. Ein bürgerliches familiäres Leben wünschend, hielt er es doch nicht aus – das bezeugen Ausbruchsversuche von der Kleiderordnung bis zur Ehescheidung, begleitet von ironischen bis zynischen Kommentaren. Mit den Freunden – Grossmann, Besso, Habicht, Solovine, Ehrenfest, Born, Mühsam und viele andere –, denen er die Intimität des Geistes gönnte, kam er offenbar besser und länger aus als mit den Frauen, die seiner Haut und seinem Körper nahe kamen.

Der Nachwelt wurden die weniger glatten und verehrungswürdigen Seiten von Einsteins Persönlichkeit erst nach dem Tod seiner Nachlaßverwalterin Helen Dukas 1981 bekannt. Vorher hatte sie liebend und eifersüchtig dafür gesorgt, der Welt einen in milder Weisheit gealterten Philosophen mit einer Neigung zur Ironie vorzuführen. Sein Privatleben blieb diskret verborgen. Sicher hat die getreue Nachlaßverwalterin nicht geahnt, daß auch Einsteins fehlbare menschliche Seite die Verehrung für ihn nicht minderte.

Für die Menschen seiner Zeit war Einstein nach seinem wissenschaftlichen Triumph 1919 ein Idol.

Am tiefsten und rätselhaftesten war seine Wirkung auf das Lebensgefühl im weltkriegszerrissenen Europa nach 1919. Was es war, das die Menschen an einem kaum verstehbaren Gedankenkonstrukt wie der Allgemeinen Relativitätstheorie und deren kosmischer Bestätigung so außerordentlich begeisterte, versuchte der englische Wissenschaftler und Publizist C. P. Snow in Worte zu fassen. Er nennt Einstein einen »Fürsprecher für die Hoffnungen der Menschen.« Ihm schien, »daß die Menschen ... ein menschliches Wesen brauchen, das sie verehren konnten«. Neuere Einstein-Biographen wie Thomas Bührke reden vom »Lichtstrahl im Dunkel«, der in den Kriegs- und Nachkriegsleiden Trost brachte, oder sie schreiben, wie Silvio Bergia von der Hoffnung auf eine »neue gemeinsame Grundlage« nach so viel Feindschaft zwischen den Völkern, repräsentiert vom freien Geist der beteiligten internationalen Forschergemeinde. Kurzzeitig war sogar der Glaube aufgetaucht, die Physik könnte der Menschheit »die verlorene Unschuld zurückgeben«.

Im Januar 2000 wurde Einstein vom Nachrichtenmagazin »Time« zur Person des Jahrhunderts gekürt. Eine Verkörperung des reinen Intellekts nannte man ihn, ein Genie und einen Menschenfreund. Der zerstreute Professor mit deutschem Akzent, dem aufmerksamen Blick und mit der wilden Mähne war den Menschen so nah und scheinbar vertraut wie Charlie Chaplins Little Tramp. Aber so nah er schien, so unergründlich war er als wissenschaftlicher Denker, meinte die Zeitschrift.

Mit einem Einstein-Zitat kann man nie falsch liegen. Es gibt sie bändeweise zu fast jedem Thema und für fast alle Stimmungen und Lebenslagen. Sie dokumentieren den Physiker, den Weltweisen und den zungestreckenden Narren. Das vorliegende Bändchen versucht, ein wenig von seiner Persönlichkeit deutlich werden zu lassen.

Die ersten Einsichten in Einsteins wissenschaftliche Gedankenwelt bekam ich Anfang der 70er Jahre im Studentenwohnheim der Berliner Humboldt-Universität. Ich möchte dieses Büchlein meinem damaligen Biesdorfer Freund, Mitbewohner und Gesprächspartner über das gekrümmte Universum, gestreckte Zeiten, unscharfe Quanten, mausgraue Entropien und n-dimensionale Vektorräume dankend widmen.

Irene Tüngler

Personenverzeichnis

Literatur

Albert Einstein, Max Born: Briefwechsel 1916 – 1955. Geleitwort Bertand Russell, Vorwort Werner Heisenberg, Ullstein Frankfurt/Main, Berlin; 1986

Thomas Bührke: Albert Einstein, hrsg. von Martin Sulzer-Reichel, dtv portrait, Deutscher Taschenbuchverlag München 2004

Friedrich Herneck: Einstein privat, Buchverlag Der Morgen, Berlin 1978

Charles S. Chiu: Frauen im Schatten, Verlag Jugend & Volk, Wien 1994

Einstein sagt, hrsg. von Alice Calaprice, Piper Verlag München 6. Auflage 2004

Wibke Bruhns: Meines Vaters Land, Econ Verlag München 7. Auflage 2004

Silvio Bergia: Einstein: Das neue Weltbild der Physik, in: Spektrum der Wissenschaft Biographie 2/2002, Spektrum der Wissenschaft Verlagsgesellschaft Heidelberg

Spektrum der Wissenschaft Dossier 5/2004 Große Physiker, Spektrum der Wissenschaft Verlagsgesellschaft Heidelberg

Michael Grüning: Ein Haus für Albert Einstein, Verlag der Nation Berlin 1990

Albert Einstein: Mein Weltbild, Ullstein Frankfurt/Main 1955

Abraham Pais: »Raffiniert ist der Herrgott...«, Vieweg Braunschweig 1986

Armin Hermann: Albert Einstein, Piper Verlag München 1986

Peter A. Bucky: Der private Albert Einstein, Econ Düsseldorf 1994

Karl Mickel: Libretto zur Oper »Einstein« von Paul Dessau, Henschelverlag Berlin 1974

Internet:
http://www.einstein-website.de
http://www.weltderphysik.de
http://www.aip.org/history/einstein
http://www.einsteingalerie.de
http://aufbauonline.com

ISBN 3-359-01309-3

Rosa-Luxemburg-Str. 39, 10178 Berlin
Buchgestaltung: Matthias Gubig, unter Verwendung eines Motivs von Robert M. Gottschalk
Druck und Bindung: Salzland Druck, Staßfurt

Die Bücher des Eulenspiegel Verlags erscheinen in der Eulenspiegel Verlagsgruppe.

www.eulenspiegel-verlag.de